BIOGRAFÍAS CLANDESTINAS
LA CONDENA

La profunda reflexión adquiere en este testimonio un carácter de pesquisa emotiva y nerviosa, una sucesión inquietante de semblanzas que abren el corazón de una mujer y ponen de manifiesto su filosofía vital: el descubrimiento de la doble verdad, el despertar de un ímpetu combativo, una indudable pasión por lo sagrado y el estado de asombro que permite valorar la ternura, apreciar el silencio y aferrarse a la voz como instrumento liberador.

El sincero monólogo de *La condena* nos advierte sobre la razón de ser de un encuentro, la comunión de dos criterios para darle forma a una pareja; la voz femenina, cantante, de esta meditación ubicua y exacta, portadora de la razón y la honestidad, sabe encontrar en los amantes, los camaradas, los abandonados o los enemigos, el adjetivo preciso para bautizar las pasiones de los hombres, es decir, para citar a los demonios o a los héroes, a los temerosos y a los ángeles, siempre bajo una obsesión: los conflictos de la separación.

El oficio literario de Martha Robles —incansable trabajadora de la literatura y la investigación de temas sociales y concernientes a las letras, así como catedrática universitaria— asómase en este libro para citar las contradicciones del mundo en pareja, los preludios excitantes y los páramos oscuros que ofrece el deambular solitario. Con una prosa intensa la palabra de la mujer se aleja de la despreciada sensibilidad gratuita y se presenta dispuesta al reclamo, al reconocimiento de las culpas y al intento de volver a curar, volver a descubrir, volver, sin dudas, a amar —parafraseando a la autora—, amar otra vez, vivir.

De MARTHA ROBLES, nacida en Guadalajara, Jalisco, el FCE publicó en su colección Vida y Pensamiento de México *Entre el poder y las letras. Vasconcelos en sus memorias.*

MARTHA ROBLES

BIOGRAFÍAS CLANDESTINAS
LA CONDENA

letras mexicanas

fondo de cultura económica

Primera edición, 1996

D. R. © 1996, Fondo de Cultura Económica
Carretera Picacho-Ajusco, 227; 14200 México, D. F.

ISBN 968-16-4843-9 (tomo I)
ISBN 968-16-4842-0 (obra completa)

Impreso en México

Mi memoria se balancea sobre el abismo. Así he vivido: una equilibrista bajo techo de fantasmas. Van y vienen destellos, un olor de café por la mañana, los bollos con nuez, un mantel bordado, el canto de un pájaro escondido en el ciprés y el alborear atravesando la noche con su cauda de claridad. Busco la historia en las voces, en episodios hilados o en el orden pausado de la conciencia. Descubro lo que se oculta detrás, en la caverna recóndita, donde van a parar los residuos de lo conocido e imaginado, de donde surge la visión única del ser que es en lo que ha sido; él, un hombre sentado en el diván con la mano en la mejilla, agudo y valiente, ráfaga de furia en medio de objetos simbólicos: una bandera, su galería de héroes, libreros atiborrados, periódicos doblados, el teléfono, una lista de recados y su máquina de escribir en un ambiente de memorista apasionado por los juegos del poder. Yo, corredora en pos de luz. Determinada también. Nostálgica de hazañas amorosas, de aventuras heroicas, de dioses dioses y de hombres ennoblecidos por lo sagrado. Una tránsfuga del sueño a la vigilia, prendida a lo bello como único asidero en un mundo cada vez más pueril y desproporcionado.

Me propuse recontar para situarme en los tránsitos del cataclismo y corroboro que mi capacidad no supera la de atesorar impresiones. No somos más que la levísima gota que se desliza con el portento de saberse lluvia, humedad primordial, surtidor de eternidades y el más alto prodigio de un universo completamente personal, rendido quizá a un solo acto de adoración. Durante excesos de ingenuidad he llegado a creer que una palabra mía pondría a temblar el techo del cielo, que la tierra se quebraría con un grito suyo o que en estado de amor sobrepasaría la memoria de todos los olvidos para trazar con el sueño otra historia, alta, luminosa, habitada por tiempo propio y dispuesta a tocar el alma. Fuera del trepidar del espíritu, de una congoja que poco a poco se desliza hacia el bienestar y de la secreta mordida que lastima de vez en vez, mis penas se desdibujan bajo los párpados aunque cicatricen al fuego y en su carrera deslaven cierta disposición a la felicidad. Los sacudimientos enseñan cómo se alarga el tiempo por la fuerza de la tiniebla y cómo se acorta en instantes la vida cuando el placer la ilumina.

A esta experiencia debo el descubrimiento de la doble verdad, el despertar de mi ímpetu combativo, una indudable pasión por lo sagrado y el estado de asombro que me ha permitido valorar la ternura, apreciar el silencio y aferrarme a la voz como instrumento liberador. De él no sabría qué decir: la placidez que manifestaba en horas de agitación hacía imposible creer que su ira lo obnubilara al grado de descomponerle espantosamente la cara y aniquilar su racionalidad. Feroz con lo amado, podía repartir puñetazos en las mesas o en las paredes, amenazar con sanciones apocalípticas y provocar un pánico tan persistente que casi ningún espacio estaba libre de la intimidación y el pavor. Saltaba sin más al remanso para fortalecerse en segundos y zahería con el listado de sus virtudes que antecedía al imperio del conversador. Cíclico, sin mancha de culpabilidad, telúrico y monumental, deslumbraba por su intensidad o sumaba desprecios con idéntica exageración. En el amor no fue diferente: vivir con él era atreverse a encarar al demonio; estar sin él, un infierno.

Mezquinos como son los recuerdos, sirven a su pesar para desentrañar desórdenes internos. Él los tuvo y yo los tuve también. Sobre todo al final, en la desastrosa etapa del estallido, cuando la insatisfacción solapada por la rutina en mí se transformó en avidez, mientras él se adentraba en su senectud por la vía más persistente de las dolencias del cuerpo y del apetito de intensidad. Al principio sobrellevamos los dos la tormenta. Mal y en tránsitos de resistencia, belicismo y furor, él soportaba la carga de mi enamoramiento furtivo y yo descubría el vigor de la levedad en pequeños deslumbramientos. No tardamos en rasgar las múltiples coberturas que hay antes de calar en el hueso. Con torpeza recorrimos todas las emociones. Él se deslizó a sus bajezas sin ninguna dificultad y allá en lo sombrío, donde lo real se afecta con mentiras a discreción, practicó la costumbre del cortejo senil para completar la más perfecta materia de iniquidad.

Inamovible y brutal, el pasado encenizó cualquier esperanza de salvación. Corroboré la condena de vivir en pueblos amurallados, bajo el yugo de la murmuración y de la estupidez. Entendí de golpe mi error, el error de mi madre, el de mi abuela y el de todas las madres y abuelas, hijas y esposas que, como yo, nacieron erguidas y a poco mordieron el polvo a fuerza de doblegar el orgullo, de ceder por temor y rendirse hasta la abyección. Antígona desenterrada, entendí de golpe, pero no cedí. Eludí los espejos para apoyarme en la mujer que fui. No sé cuándo. Quizá en un instante de lucidez, como el de mis tres años de edad, cuando aprendí a leer ante el azoro de una monja que se persignaba gritando milagro; o aquel que me marcaría para siempre el día que cumplí los doce, cuando al brincar una cerca supe de un solo vistazo lo que podría ser mi destino en una u otra orilla de ese solar; lucidez indicativa, como la de desafiar a mi padre a los dieciséis con alegatos sobre el sinsentido y la razón de ser, hablar lenguas por intuición, entender un problema y su solución, aventurarme a la soledad en lugares que me atraían por su sonoridad o comprometerme tempranamente con el sentido de la justicia a pesar del vocerío que se empeñaba en probarme las cualidades del disimulo y la complicidad. Recobrarme, pensaba, sería suficiente. Recobrarme de la tristeza, vencer la penumbra y la postración o al menos vivir al día sin la llaga en el alma. Al menos rozar la paz de las almas que caen en el infierno y se libran de él impulsadas por la visión de la luz. Ahora sé que aspiración tan modesta no podía menos que obedecer al malestar de la turbulencia. Sobrevivir, pero jamás derrotada. No aspiro a menos que a rendir tributo a lo bello, a lo sagrado y a la verdad; sobre todo a la verdad. Lo demás sobra o cuando menos es prescindible.

Las cosas con el tiempo regresan a su nivel, aseguran los optimistas. Yo sólo sé que cuando las tribulaciones rasgan el alma nada se reacomoda en cuestiones de amor. Y si la pasión es vulnerable y por perderla descendemos hasta los sótanos del sufrimiento, en los corredores del matrimonio es menos probable reconquistar lo perdido. Y es menos probable porque deja de interesarnos. De por sí se dañan por cuenta propia las relaciones; pero ningún desastre se iguala al que deja a su paso la sombra de la infidelidad ni es posible recobrar la concordia sobre vestigios de otros placeres. Y yo, por atender el envejecimiento de un furibundo nacionalista y los vericuetos de su hipocondría, me distraje del rumbo propio. Ni siquiera cobré conciencia de mis transformaciones porque en esta trayectoria no conocí más dimensión que la del sueño ni más imagen del tiempo que la alteración inconsciente entre una y otra formas de ser. Vivía una experiencia de cambio, un fluir del espíritu, un periodo en el que exploraba la iluminación interior y a tientas me comunicaba con el mundo de afuera. Me bastaba una lente para sumirme en el universo.

Hubo un tiempo en que el tiempo común no contaba ni su homogeneidad me afectaba. Lo percibía en imágenes, se consagraba en voces y yo iba y venía del presente al pasado inquiriendo respuestas sobre la inmensidad del espacio, los males humanos y el pensamiento; sobre todo me atraía el misterio del conocimiento, porque nos permite medir la capacidad y los límites de nuestra naturaleza. Que habitaba un mundo ajeno, me decían, y que un día cualquiera me despertaría sorprendida. Ésa y más necedades me han espetado quienes creen que la vida consiste en repetirse en lo evidente y menor, en lo que no rasga la capa primera del corazón ni desnuda la curiosidad para encauzarla a la fábula. Mi aislamiento no era totalizador ni me impedía actuar casi como los otros para que no se notara; sin embargo, supe que mi travesía cursaba contra corriente cuando hablaba de cosas que los demás no entendían, pero les daba ocasión de reírse o de confirmar que entre sí no eran distintos ni les marcaba la frente ninguna señal de incomodidad. No es que no me diera cuenta de la velocidad con la que él se asimilaba al modelo de sí que más le satisfacía; sino que yo divagaba buscando la creatividad perfecta, buscando el amor sin prisa, segura de que el ser que me correspondía estaría para siempre ahí, como las mitades platónicas. Así, cada uno con la cuenta de goces y tinieblas propios, llegamos al fin de una historia que no conoció la calma, con los saldos al vuelo, sin soluciones ni reservas eróticas que pudieran salvarnos y con todos los desafíos lanzados a un porvenir que no podía aparecer más incierto.

Entre nosotros no existieron últimos días ni lo que se dice últimos años. Los episodios del deterioro se intercalaron entre tentativas inútiles de conciliación y aproximaciones falseadas por el deseo de rehacernos en la amistad. Además se mezclaron sentimientos que parecían refundidos en el olvido o los errores se inclinaron con más o menos intensidad hacia una u otra orilla de la ruptura o de las dependencias abyectas. Reconocí que mis alardes de libertad en nada se conciliaban con lo real y que la imagen monumental que él construyó del país era capaz de absorber los vaivenes externos, pero también de reflejar el ímpetu y la fragilidad del sistema. El país, su país, fue la fábula con visos de realidad que le permitió sobrevivir las tribulaciones comunes hasta la hora en que, desasosegado frente a los cambios, emitió un gemido tan hondo que sentí cercana a la muerte. "Mi pobre país... Lo están entregando, aniquilando hasta el fondo..." No deja de asombrarme recurso tan hábil para preservarse de aflicciones que a los demás quebrantan o van abatiendo hasta disminuir los depósitos espirituales. Relegó en sus preocupaciones temas como la edad, el desencanto por los faltantes, la escasez material, el tedio o las relaciones abominables, a cambio de ponderar sus alegatos políticos. En su biografía se oculta el secreto de una idea que se transmuta en proyecto vital, la pasión que perdura con sus transformaciones implícitas, el fuego de un proyecto de ser que por estar ceñido al vaivén nacional lo salvó de observarse a sí mismo y de sufrir etapas de autopiedad que con frecuencia conducen a estados de depresión. Este talante fortaleció su resistencia interior; pero también exageró sus atributos y le creó una segunda naturaleza reacia y brutal para responder a las situaciones que consideraba vulgares.

Durante los ajustes de cuentas, él dejó de ser él, el de los resabios de humanidad, para asumirse en la plenitud de su fábula. Se asimiló a la autoridad de la patria, dilató su virilidad, abarcó todos los atavismos y prodigó las posibilidades de una iracundia que le había enseñado que lo más fácil, aunque inseguro, es matar, tentación para la que no le faltaban arrestos, aunque su talento no se conformaría con tan poco. Prefería el golpe de adentro hacia afuera, el enfrentamiento furtivo, la lucha implacable que lo mantenía vivo. Vencerme significaba agarrarme por la palabra, doblegarme con el acicate de la costumbre, disminuirme mediante quejas que me hicieran aborrecible, que vulneraran mi espíritu y me redujeran a una interdicta moral para que él, generoso y dispuesto como la patria que abiertamente encarnaba, acogiera mis restos después de la vejación y el arrepentimiento.

Tras la vorágine vislumbré un golpe de vida. Vi el abismo otra vez, las dos orillas y la fisura de luz. Nunca más se habló de él o de mí porque entre nosotros se sobrepuso el desafío del fuerte sobre el débil, el del viejo sobre la más joven, la tiranía sobre la desobediencia y las recónditas leyes que en nombre del cambio y las transformaciones inevitables oponen entre sí a las generaciones. Reinaron la sinrazón y el furor. Para fortalecerme jugué a no entender, a apartarme del caos. Así me reganaba en silencio y me aferraba a los pequeños detalles para encontrar el sosiego. Cuando el acoso era insostenible, lanzaba zarpazos que se me escapaban de alguna región rebelde del alma y me revolvía en estallidos de sobrevivencia. La tristeza, sin embargo, creció a mi pesar. Para combatirla leí tratados psicoanalíticos que no me ayudaron. Inquirí explicaciones sobre el amor y los delirios del desamor. Me pregunté por qué los amantes se apartan, por qué se hieren de muerte. Jamás superé mi sensación de abandono ni comprendí por qué hay hombres que no soportan la intensidad. Entre aproximaciones dogmáticas y juicios sumarios pude reunir, bajo decenas de títulos, innumerables pedanterías y teorías jactanciosas sobre los misterios de la conducta. Pasé a los mitos y con ellos remonté el culto por lo sagrado hasta situarme en la exacta frontera del sueño y la realidad. Por instantes me recobré en la poesía. No obstante, acongojada, transité entre relatos de amores frustrados, hechizados por el efecto de elíxires envidiables o dóciles a los prodigios del encantamiento; de ahí salté a la adivinación, a las profecías, a los Evangelios, al I Ching y a la magia, con la que sustituye el desesperado la certidumbre de que nada de lo que haga habrá de regresarlo al goce perdido. En la literatura volqué los regustos reservados a otros lenguajes, a otros diálogos íntimos, a otros deleites. Cuando me topé con la mística vislumbré la hendidura, un alfabeto de ausencias, los espíritus del alba y un estallido de luz...

Fue larga, muy larga y brutal la batalla. Exploré el sinsentido y la hondura del desamparo. Hubo semanas en las que me creí desahuciada y noches tan largas y tenebrosas que aun en los ruidos comunes presentía demonios que me cercaban, fuerzas malignas, amenazas horribles. Los psiquiatras dirán que padecí una depresión aguda porque perdí el apetito y kilos de peso; pasé de la furia al silencio, grité; desesperé, me encendí y a poco me dejé llevar por la tentación del descenso. Sufrí alucinaciones durante las peores etapas. Jamás me sentí perseguida por algo concreto, sino por ideas y sonidos, por divagaciones y situaciones absurdas. Me obsesionaba la idea de la muerte. No dormía, no deseaba, me cancelaba y rehuía los contactos físicos. De un día para otro me incliné hacia el nihilismo; pero luego, desde la más angustiante sensación de vacío, percibí la vitalidad otra vez. Otra vez la luz, un fulgor, el deseo de reconocerme y vencer. Vivir otra vez, detener el sol, causar el milagro, abolir el dolor.

Estoy convencida de que ninguna tristeza se iguala a la de perder al amado. Su ausencia es herida incurable. No se fue sólo él, se llevó mi equilibrio, el orden y la esperanza. Vacilé hasta repudiarme e inventar justificaciones para una ruptura que me cayó cuando menos la imaginaba. Volví a casa. Cedí a la vorágine. Todo estaba lejos, el mundo inalcanzable y las venganzas al alcance de una palabra. Viajé como peregrina desesperada. Me distraje intercalando paisajes entre los idiomas cambiantes y arrastré mi desolación como un fardo. Quizá no tuve a dónde ir o era tanto el desánimo que preferí no esforzarme. Quizá retorné a la patria para reemprender la ruta del reconocimiento, para recobrarme en mi tiempo y reflexionar. No lo sé; todo es probable, inclusive el deseo de reconciliarme con él para evitarme mayores esfuerzos. Sólo recuerdo el estremecimiento nocturno, un gesto aislado, el sufrimiento que me arrastraba a la muerte y el espectro que me acosaba con la mirada, con frases hirientes, con lamentos de sí y amenazas terribles. Allí me quedé a mi pesar, hasta recuperarme lo suficiente para decidir lo menor e inmediato. Estoy aquí, viva a su pesar, aunque no sé si libre, no sé si con algún triunfo en mi lado, con el espíritu amoratado y el corazón todavía destemplado a causa de aquellas fiebres que nunca curaron del todo. Lo esquivo hasta lo posible, eludo sus ojos enardecidos, su excitación y esa voz suya tan amarilla y cobriza con la que rasga la más firme quietud, inclusive en los rincones de la memoria. Tarde o temprano recobrará energía, transitará de la necesidad a la ira, atacará con armas desconocidas, espiará mis noches y anudará las palabras a su favor para que nunca más otra mujer como yo se atreva a desafiar dominios proscritos. No descansará hasta rendirme. "Las cosas son como son, no lo olvides", repetirá lentamente, como gritaba al final, y coronará su alegato con la sanción de advertencia: "y no pretendas poder más que yo..." Para entonces podré escucharlo sin alterarme, podré tal vez seguirme de frente. Podré dar la espalda a la patria, descreer de sus ataduras atávicas y respirar. Respirar. Respirar...

Hubo días en los que la agudeza reinaba y podíamos los dos disfrutar de tal lucidez que aun el reposo se antojaba posible; en otros el ardor atenazaba el espíritu y se multiplicaban los desvaríos. A trancos de malhechura, autoritarismo, aflicción y desatinos sin fin, los días se tiñeron del color bermejo de la violencia. No sé cuánto duró el combate ni cómo pude librarme de su furor. No sé tampoco cómo vino a colgarse el capítulo subsidiario de la fulana que apareció de la nada para desencadenar los episodios que suscitaron la despedida. Sé que llegó, saqueó, utilizó, agitó y se aprovechó de la circunstancia. Por la manera grotesca en que se presentó, era de suponer que saliera del escenario y que una vez más se probara la habilidad de las pícaras para oler a los hombres que andan con la autocompasión en la frente y el agradecimiento en la mano. Tuve ánimo y tiempo para recontar los faltantes y pese a la desmesura concluí que salí ganando.

Un día me levanté al alborear y corrí hasta la punta del cerro.

Olía a humedad, a tierra cansada y yerba oscura. De lejos llegaba el despabilar de las hojas, el sigilo de las ardillas y la amplitud verdácea, parda y ceniza de álamos y eucaliptos intercalados entre pirúes, encinos y oyameles en un sendero barroco. El rosa primero salió de la fisura azulada del firmamento en fondo violáceo y borde púrpura. En veladura celeste creció un serpenteo apiñonado que pugnaba por reventar en medio de blancos cambiantes y chispazos de iluminación cristalina que provocaban tonalidades frías y calientes. Siguieron los amarillos contra un azul cobalto fundido con capas purpurinas y rasgos lilas para dejar caer un temblor finísimo de rojo entre el círculo de luz que inauguraba el estallido solar. Era la aurora, el instante del despertar. Mi deslumbramiento.

Nada sería igual a partir de entonces. Descubrí distancias entre hablar y callar. La voz alta me incomodó porque ignora las pequeñas verdades. Supe de la tesitura en el habla que procura la claridad, del susurro del pensamiento y de los modos de dialogar desde el corazón. Vi en el silencio el templo de la palabra y en el ir y venir de la voz a la contemplación el fluir de la vida, la invocación, el sonido que divide en dos el abismo cuando una ausencia nos aproxima a la muerte o su calor nos conduce a la morada del sol. Seguí en su vuelo a la alondra, que en un mediodía en la montaña cantó como Dios. Caminé solitaria por calles vacías, malecones donde corría gritando su nombre, deletreando las emociones con las que me había revestido en un acto de adoración. Toqué las llamas sin lecho; perdí mi gloria, mi suelo, mi eje y me eché a caminar otra vez hasta atinar con la hondura de la tiniebla. Rocé el vacío y me desintegré para encontrarme con la turbulenta nada frente a una fisura de luz. Así recomencé a unificar los instantes no reunidos y a renombrar lo que veo o imagino. Así me persuadí de lo inútil que es hablar si no se toca en verdad el alma y comprendí que bendecir es lo único a la altura de una pausa.

Amar con toda el alma fue mi consigna; y lo demás, al azar. Aunque procuré llevar al extremo esta máxima en mi carácter de equilibrista, no estuvo a mi favor el sistema de correspondencias. Por única vez entendí que por mucho que se pregonen o anticipen las tentativas, el amor depende más del destino que del relleno de alma. Y si el hado procura, el medio despoja, se interponen los miedos y triunfa el prejuicio sobre el destino.

Imbuida de placidez, de un día para otro amanecí con la noticia del desprendimiento. La ruptura me atravesó tan de pronto que no supe por dónde me deshacía. Era un volcán mi medio y mi alma lecho de turbulencia y desasosiego. Otro era el hombre, ajeno al de los pactos eternos, de espaldas al de los reconocimientos inmemoriales. Elemental, cobarde, despojado del resplandor, urgido de ser como los demás, intimidado por el fulgor. Chirriaban mis huesos, se tambaleaba mi casa y yo cavaba en el pensamiento en busca de algún remedio liberador. Pensé en la huida, en una carrera sin fin, en confinamientos extraños y catarsis apoteósicas. Salvo llorar, reír, ansiar un milagro y disponerme a la vida, no emprendí ninguna travesía inverosímil. Abrí los ojos y miré mi pasado. Volví a parpadear y una historia de años y de ataduras me espetó su carga de realidad. Allí estaba él, ángel castigador. Retrocedí y de nuevo me aventuré en la hoguera domiciliaria. Ardían las revanchas y las palabras. Por donde me moviera encontraba la vara de mi destino, la señal de la patria, la sanción que recayera en mi abuela, en mi madre y en las mujeres que, como yo, se atrevieron a ejercer un acto de libertad. Desasistida, juré sin embargo arriesgarme hasta el fin, ambicionar lo imposible. Otra vez el abismo, otra vez balancearme cercada por las tinieblas, otra vez el asedio de siglos, la humillación, la ruta de los perdones y allá lejos, apenas perceptible en aquella tormenta, el vuelo de un pájaro solitario.

Él permaneció allí, como siempre, firme en su autoridad, celoso, indestructible; pedestal y estatua con el dedo en ristre, el grito llano y al acecho de mi cabal rendición. Supe que había llegado el momento de los silencios tajantes, de la ruptura definitiva. Parados el uno frente a la otra, tendimos entre los dos una historia de renuncias y cancelaciones, de poderes y de edades que repiten los siglos con luchas infatigables entre la sujeción y la dignidad. Ceder equivalía a aceptar mi mansedumbre, doblegarme hasta la ignominia. Atacar aumentaba el riesgo de no adueñarme de mí ni rematar esa liga ancestral. Cualquier conciliación, imposible. "Más vale un mal arreglo que un buen pleito", me recomendaron los oficiosos, aunque yo no pensé en litigios ni en reparto de bienes. Mi urgencia consistía en llegar al eje de mí misma y entender. Llegar al punto donde se distingue la claridad y desde ahí al templo de la palabra para consagrar el silencio, para bendecir.

Sobre mi memoria cayó el veredicto cuando en el corazón reinaba el dolor. Ascendí por el borde finísimo del alma. Toqué fibras intocadas y exploré corredores de humanidad que ignoraba absolutamente. El poder de lo bello, por ejemplo, me llevó a conocer el secreto del fulgor primordial, la armonía del edén y la facultad reparadora de los colores. El tacto era más tacto cuando se abrían los sentidos al sueño creador y me despojaba del peso adquirido desde la cuna por el poder del amor. El oído adquirió un sitio preferencial. Me traía a la conciencia voces remotas, sonidos estremecedores, ecos e historias que otros contaban en habitaciones distantes y también alucinaciones que en principio confundí con la natural ansiedad del que espera; pero esas imágenes tomaron su rumbo propio cuando acepté, gracias a una lectura de Vladimir Nabokov, que algunos estamos marcados por una sección adyacente del cerebro que funciona con absoluta independencia del fluir de los pensamientos. Desde entonces supe que lo fundamental de mi infancia estuvo sellado por estas visitaciones, que podía librarme de los peores acosos por el doble corredor de las fábulas y del espejismo, que lo mío no pasaba de ser una leve revelación, acaso un fulgor, pero indispensable en mi pronto discurrir con agudeza. A esta explicación indirecta debo el tardío reconocimiento de ciertos dones que mi cultura me obligó a rechazar. Dejé de sufrir por ver y oír una frase aquí, por entender de golpe y traspasar las palabras para leer en sus pausas significados insospechados. Dejé de asustarme y luchar como ciega ante el anticipo fugaz de lo que vendrá. Dejé de ignorar los chispazos de claridad que en ocasiones se manifiestan durante el sueño o me asaltan ahí, a mitad de un quehacer, al bañarme o percibir los colores, al imbuirme de luminosidad.

Fui tirando ataduras como otros se deshacen de la basura hasta reconocerme en mí, con las manos vacías y más próxima a los celtas en su alfabeto de árboles que a los que viven ocupados en espetarnos su inteligencia. Descendí por la lenta desazón de la tristeza. Mucho antes de discurrirla vi esta página y la siguiente, historias de dolor y seres bajo máscaras espantosas. Soñé que escribía, que leía y publicaba biografías clandestinas. Nítida y velozmente, de una ciudad a otra miré cuando niña el rostro de mi abuelo al morir. Al abrir un ropero de tres lunas me sorprendió la visión de mi bisabuela, muerta diez años atrás. Estuve varada en el túnel del desconcierto. Sentí esta batalla y otras más que vendrán. Intuí su corredor de locura al levantarse de la última de sus agonías. Adiviné la energía del silencio a mitad del furor. Lloré con la piel, lloré desde el fondo, a jirones de amor y en pausas de pesimismo y desesperación. Clamé piedad, misericordia. Miré con pavor hacia adelante o alrededor. Sólo encontré desaliento y filos en el universo al anudar mi pasado, pero nunca sentí tal vigor. Cuando me reconocí equilibrista me sosegué. En el presente establecí un solo propósito: esclarecer y ordenar, amar otra vez, vivir. Pude por eso explorar la desolación sin renunciar al humor y atreverme a escudriñar el abismo sin descuidar el valor de un diminuto asidero.

A mis mayores pérdidas debo el conocimiento de la sencillez, el invariable aprecio por la verdad y la preferencia de la finura esencial en un medio gobernado por la mentira; debo, además, el aprecio por la delicadeza de aquel sabio que me enseñó a deslindar lo fundamental de lo secundario y por el que aprendí que no importa cuánto o cómo o qué se arriesgue a condición de no renunciar a la fe en lo sagrado ni confundir la derrota con dignidad.

Cierro los ojos y lo veo a contraluz. Escucho su voz cascada. Reconozco la ruta de sus dedos sobre el tapiz, el cambio de páginas, sus lecturas amontonadas sobre el mar de papeles que crece y decrece como ramaje de su escritorio; veo los escalones y los entrepaños sobrecargados de libros costosos que a los funcionarios les gusta enviar. Son las ediciones que suponen refinadas y que van a parar a las casas sin que nadie jamás se interese en leerlas. Son los prólogos de presidentes, gobernadores o secretarios de Estado; ilustraciones desmesuradas, textos a vuela pluma y evidencias del despilfarro presupuestal. Recuento los botes alineados en el baño, sus pequeñas divisas de intimidad: las tijerillas y el merthiolate, un peine para el bigote, jabones y ungüentos para combatir la somatización... Recuerdo el olor que despide al dormir y otra vez adivino las complicaciones entrelazadas al enorme placer de dialogar en las tardes con él.

Comprendí que era imposible orientarme por fechas o testimonios porque ni los historiadores recrean el pasado eslabonando la oscuridad. Son los destellos la guía, los visos de la caverna, el centelleo del recuerdo los que conducen a algo, si es que algo se encuentra en esta trayectoria de amaneceres y tormentas, de curvas peligrosas y de rectas tan rectas e inacabables que por ellas el cosmos se empequeñece hasta caber en los dibujos del más íntimo Vasari, de Ucello o Escher. Esto es todo; lo demás anuda, entrelaza o divide la historia de un hombre y una mujer que sin razón aparente decidieron unirse y más que reconocerse confrontarse entre llamas. Él se enamoró de su libertad y pretendió poseerla. Ella se fascinó por sus estratagemas con el poder y descubrió los vericuetos del vasallaje. Los dos se aventuraron con inusual pasión y al final, a pesar de todo, ambos se sorprendieron en la orilla del precipicio.

Aquí empezó el declive, en un avión, a esta hora. El mundo estaba en orden. Nada se movía, nada era capaz de sacudir mi dependencia ni de alterar la certeza de que en esto consistía la decisión correcta, en voltear a mi izquierda y encontrarlo, en sentir el peso de su mano en mis cabellos, en olerlo a medianoche y respirar a su lado un aliento de siglos sin preguntarme qué era exactamente ese amor que con sigilo nocturno se ensañaba contra lo más entrañable y de qué materia estaba hecha la liga que me ataba al hombre que por igual reverenciaba y temía, al que servía como esclava y aborrecía al grado de pedirle a Dios un milagro; ese hombre que provocaba odios vitalicios y admiraciones desmesuradas, el que me amenazaba con ser único, insustituible, cabal en su entrega y sin fisuras en su enamoramiento tardío; el que trazó lo fundamental de mi historia para hacer con la suya el episodio más intenso en su biografía.

De extraordinario yo no notaba nada, pero nada de lo nuestro se parecía a lo que hacían los demás. En privado, como a él le gustaba, las diferencias se disipaban en el ir y venir de las palabras, en la diaria capitulación silenciosa o en el imprescindible correo político que él mantenía con conocidos y extraños. Experto en informaciones privilegiadas y en el lenguaje cifrado de los burócratas, sabía qué presiones modificaban la voluntad de un mandatario, cuáles eran las fuerzas en pugna en el más intrincado presidencialismo o la temperatura exacta de la oposición. En cambio ignoraba los matices de la nostalgia, el secreto deleite de las adivinanzas o los regustos que se cultivan en horarios perdidos bajo las sábanas. Le relumbraban los ojos al corroborar los fracasos de sus enemigos amados y era el primero en advertir debilidades, aciertos o torceduras que modificaran mínimamente el de por sí accidentado transcurrir del sistema. Pronunciaba México con intensidad casi erótica. México, y a su alrededor serpenteaba una sensación de pertenencia tan sólida que el patriotismo encarnaba en impulsos de heroicidad que lo llevaban a defender la política con el vigor que en tiempos mejores comprometían los guerreros por su honor o sus dioses. Incapaz de fidelidad al diptongo, jamás consiguió deletrear la palabra ciudad, pero supo agraciar el defecto para que los demás lo asociaran con su desmesurado nacionalismo. Descifró desde niño las entrelíneas del poderío no solamente por su habilidad singular, sino por haber nacido durante los mayores conflictos del acomodo del mando y crecido en la época de los ajustes constitucionales, del pavor y de las matanzas entre cabecillas de la contienda armada.

Hay que aceptar que de algo ayuda saber que el tiempo completa el carácter; que los ruidos, el olor y los acontecimientos conforman la otra mitad del vientre, donde se gesta el aliento, y que somos hijos de nuestros padres; pero también reflejo e invención de una época que tarde o temprano se vuelve estigma, seña de identidad, esqueleto del alma. Y en él destacaron esos contrastes ordenadores y de extrema violencia que respiró durante la infancia. Infancia decisiva para entender su nacionalismo porque estuvo coreada con balaceras, rogativas domésticas e intentonas legislativas; tres elementos que marcaron a quienes, como él, asimilaron la idea de patria en la trinidad Dios, compromiso social y mando seguro. Por eso le fue posible ser liberal ante las demandas organizadas y profundamente reaccionario en lo íntimo y familiar.

Entre nosotros jamás discutimos temas de México, los insinuábamos con religiosidad y él, su prelado, los invocaba como en una oración. Nadie lo interpelaba, nadie negaba ni contradecía cuando al hablar desplegaba una lista de hazañas y de héroes que envidiarían Héctor, Ulises y Aquiles. Tras el relato de balaceras, de pugnas entre caciques, de engaños que triunfan sobre el destino o de emboscadas mortales como la padecida en un tren por Venustiano Carranza, se transmutaba de maestro a poseedor de la genealogía nacional y enumeraba el catálogo de razones por las que deberíamos aceptar que la ley, vista a la luz de los hechos, es la más perfecta victoria de la razón política. Después, una enseñanza teórica para aligerar la fuerza dramática y al final su remembranza sobrecogedora de Lázaro Cárdenas, emitida con inocultable temor de que el mundo se rompa de pronto y deje al descubierto la entraña de la codicia estadunidense.

Según él, las revoluciones son necesarias porque no tienen los pueblos otra manera de conquistar libertades. Mejor si están enriquecidas con abundantes principios porque, con todo y sus crímenes, sobre las persecuciones y los horrores prevalecen los compromisos y el mundo se acomoda tarde o temprano por la vía de la autoridad o del miedo. Congruente hasta en las crisis, en verdad creyó que escasea autoridad donde la vida social se debate entre la ingobernabilidad y la economía de mercado; autoridad con pasión nacional, engrandecida por los ideales y afianzada con el saber; autoridad ahora, cuando el cuento de la democracia contribuye a incrementar los delitos y a hacer de los arribistas verdaderos campeones de nuestra sociedad confundida. "Es la circunstancia. Nadie entiende nada", susurraba durante ratos de preocupación; y luego, otra vez: "¿qué será de mi país, cuál su destino...?" Yo lo miraba de refilón, con una mezcla de asombro y ternura, pues no contaba con más puntos de referencia en su vida que la sociedad por la que podía definirse. Observaba su dolor. Leía el trasfondo de su conflicto y corroboraba en su gesto que había alcanzado la edad en que lo vivido, lo esperado y lo obtenido eran ríos paralelos, cauces surcados de cicatrices, territorios de la memoria, recuerdos que acaso nunca se realizaron a plenitud, invenciones de sí y de los demás, figuras de aliento y despeñaderos, muchos despeñaderos, que reflejaban en sus palabras los accidentes del alma. Como ráfaga me asaltaba la duda de si en personalidad tan compleja cabía la sospecha de un motor tan elemental que transitaba de la alegría a la pesadumbre sin dejar de aceptar lo que le reportara la vida. No volvía nunca la vista atrás porque, en vez de asumirse en su historia, lo convertiría en una síntesis de la historia.

"Es cierto, le comentaba pensando en Esparta, en Atenas o en Alejandría, en ejemplos más familiares a mi imagen de patriotismo, a mi figura del héroe o a la certeza de que quien logra un ideal por el que pueda morir consigue también un sentido para vivir: ésta es la incidencia del rayo, el cambio súbito y la lucha contra el pasado, pero hombres como tú permanecen, son la raíz y la savia; hombres como tú absorben el negro y el blanco, las orillas inconciliables. En tu lamento caben la identidad colectiva, el triunfo sobre el olvido y esos declives de espíritu de ciertos hombres que en la vejez se tambalean y retroceden de modos abominables. Eres memoria y aspiración. Eres también simiente, creencia traída de lejos y sobre todo eres de los que, como dijera Blake, podrían ascender a los cielos no por haber reprimido o gobernado sus pasiones o por no haberlas tenido jamás, sino por haber cultivado su entendimiento, al menos en lo que a tu país se refiere. Y tú sí que te has entregado a tributar a tu patria, aunque en tu andanza arrastraras a otros en tu torrente y en alguna estación de tus furias nos inmolaras en tus hogueras."

Y aún lo veo desde aquí, con el monólogo en la punta de la lengua, prendido al hilo de voz que por la mañana solía escurrirle con temas a saltos de regadera, eslabonando su biografía con el acontecer de la patria: "La vejez es una lucha con la esperanza... ¿Qué son 500 años en el tiempo?... Todo pasó, como una sombra, como una nube... Y los hechos se fueron quedando como en vitrina; la memoria en capelo, una hoja de periódico, la hazaña de Cárdenas, Cuba y Fidel, una revolución en fondo de cristianismo... el entusiasmo y la derrota del invasor en playa Girón... La cólera expresada a gritos en la avenida Madero, y Cárdenas hablando en el Zócalo... Nosotros sentados, pulsando la noche, sintiendo el deber lejano, pospuesto por mi generación, de combatir en los sitios donde se tramaba la historia..."
De eso están hechos los mapas de la nostalgia, de rasgos, de ráfagas, de imágenes que en su saldo descubren lo común de la vida, lo simple que a fin de cuentas significa existir en la diaria empresa de repetirse creyendo que somos distintos o mejores que los demás. Enamorado, me escribía notas que ocultaba de manera furtiva entre mis lecturas o algunas cartas que yo encontraba después, abandonadas bajo pilas de títulos aún sin leer, de periódicos, octavillas o folletines que iban a parar ahí, al lado de su escritorio, como cadáveres insepultos, suma de los propósitos incumplidos. Así fue como me vine a enterar de que yo le dolía a distancia o cómo estando de viaje precisamente por Cuba comprobó que la oscuridad le era propicia para adentrarse en sí mismo. Curioso que fuera en Cuba, una de sus utopías entrañables, que en sus fiebres procomunistas ponderaba como milagro antes de que Fidel se volviera ruina dictatorial. Más curioso fue que en La Habana avivara su vena amorosa al calor de la ideología de Martí y que el trópico se le metiera en la tinta con un furor confesional nada común. De no provenir del Caribe, sus párrafos me habrían llevado a pensar que algo muy hondo lo había sacudido. Decía, por ejemplo,

"no puedo, no quiero dormir sin palparte, sin tenerte, sin respirar junto a ti; no quiero amanecer sin verte dormir a mi lado ni despertar sin la vivacidad en tus ojos. No quiero, no deseo que pase un día, una hora sin saberte, sin acariciar tus cabellos, sin oír el roce del cepillo deslizándose por tu espalda ni dejar de sentir tu mano sobre la mía. Te toco en sueños, en la memoria: allí resides, como en mi diario sueño. Vivir contigo, junto a ti, para ti y por siempre. Aspiro la albahaca que ocultas entre tu ropa, el olor que despides a tamarindo; huelo la yerbabuena de la cocina, repaso el vasto universo de tus aromas, tus pasos ligerísimos, tus carcajadas... Te deslizas, vida mía, por lo recóndito y más íntimo. Me envuelves, te rodeo, te quiero, y si para ti soy lo que soy en este rincón hasta hoy inmencionable, ¿será para mí tu libertad como tuya es la fuerza de este renacimiento?"

Insólita confesión en temperamento templado en las convicciones, en la lucha por el dominio o en ese aparentarse tan invulnerable que su vanidad lo llevaba a decir que no existía para él emoción capaz de turbar su firmeza. He de aceptar que me sorprendía, que a saltos de nervio y de inteligencia política intercalaba mensajes que yo revisaba con voracidad literaria, como si en ellos fuera a encontrar indicios del talento creador que añoramos quienes vivimos inquiriendo los sueños: "Te necesito. Busco el sitio secreto de nuestras confidencias, lo que no dijiste, lo que no pregunté, acaso lo que no sepa nunca [...] Regreso de una cena ofrecida por el secretario del Partido Comunista: cerdo, pescado, dulces, moras y ostiones; vino búlgaro [...] Asistimos a un festival de música cubana. Las antiguas orquestas de Cuba, sus músicos envejecidos, indiferentes, atrozmente serios, distantes, ajenos a los acontecimientos. Tocan danzones. Al fondo, una pordiosera, luces intensas. Haydée Santamaría se levanta a bailar con Roberto Fernández Retamar. Algunos aplauden. Otras parejas los siguen: Fernando con Elena, Galich con una descomunal mulata. Vera se sienta junto a mí preguntando por la música, por Martí, por la madrugada. Pasan uno y otro danzón y te miro... Te recuerdo en tu vestido negro, el hombro descubierto, tus grandes ojos fijos; siento tu mano en mi cuello y tu fuego iluminando mi vida, desafiando a la oscuridad, rasgando lo previsible. Al terminar, el duelo de improvisaciones al ritmo de *Nereidas*. Dos contrastes, como siempre: uno viejo, otro joven y entre ambos las voces sembradas de lugares comunes. Algo le duele al anciano sentado frente a mí: la vida, el pasado, su vida. Entrecierra los ojos, fuma; su voz es aguda aunque modulada, parecida a un lamento. El joven lo reta, lo punza, lo acucia. En el instante en que el viejo podría derribarlo, callarlo con una respuesta, cede, se acobarda y lanza unos versos a modo de arrepentimiento, de dolor por no ser más el joven que fue, el que quizá pudo ser, el que tal vez imaginó... El otro se regodea y, triunfante, le tiende la mano. Siento, sentimos una palmada en la espalda cuando el viejo acepta la derrota y a punto de caer en la zona del epitafio, sabiamente los músicos interponen la nota final. ¿Cómo decirte que estar junto a ti es como vivir dos veces, que contigo descubro cosas, modos distintos, temores inéditos? ¿Cómo explicar que soy el mismo, aunque dos sean los destinos que me dividen, que no dispongo de tiempo, que de verdad deseo vivirlo y llenarme de ti? A veces pienso que debemos prepararnos para nuestra soledad, que es necesario resistir sin ceder ni conceder; pero al caminar frente al mar y sentir en el alma el azul intensísimo del agua compruebo que en el inconsciente hay algo más que fondo misterioso, que la edad es un estado de ánimo y que tu vitalidad es más vigorosa, más trascendental y profunda por sus revelaciones que esta revolución que me deparó el destino...

"Te confieso aquí, en este cuarto de hotel frente a la playa, que te extraño enloquecidamente, te necesito, me haces falta. Te requiero, te deseo, te reclamo, te llamo, te añoro, clamo por ti. Las horas son tiempo vacío que sólo se llena de episodios sin sentido. Ninguna dirección. No hay causa ni política capaces de arrancar mi atención de este recrearme a través de ti, sólo un lugar vacío, vacío de ti. Releo tus frases aquí, otras cosas allá. Poco me dicen. ¿Qué más que tu nombre? Lo repito. Me lo digo, lo repaso en voz baja, se va por el pecho, se vuelve latido, murmullo, nostalgia. ¿Recuerdas? Al hacer el amor no hay otra palabra. Es la pausa. Un espacio. Un universo. Mi universo. Años, días, horas de decirlo y de repetirlo en silencio. Siempre nuevo, siempre distinto y renovador. Renazco, me reinvento. Es el ansia durante el día, demanda nocturna, avidez. Es la llama que sólo se satisface con la llama. Reposa el llamado de la necesidad en tu propio oído y lo repito para recobrarte deletreándote, siquiera ese instante, el del sonido encarnado con la emoción de invocarte. Y apenas pronuncio las letras que te nombran, cae el siglo sobre mí, un siglo encadenado de instantes, todos alcanzados y a la vez perdidos. ¿Qué más? Todo arde en torno mío, todo se enciende en mí..."

Ardes en tus frases como en las primeras horas de tu revolución y me estremece el crepitar de tu hoguera. Eres de fuego, incendiario y letal. Tú allá, en aquella Cuba de la esperanza, acaso miles de años atrás, y yo aquí, repasando lo que queda de ti en la palabra, recobrando tu ausencia, divagando entre el pasado y el porvenir. Tus pasiones causan aún el prodigio de agitar el ambiente. Toco el sillón donde pensabas a solas y siento el temblor que empezaba en medio de exclamaciones y seguía en libertad por entre los muros hasta menear las cazuelas en la cocina. "¿Qué te pasa?", inquiría. "Es el país, la situación..." Si te tuviera frente a mí te diría que sí, leí ésta y también otras páginas que escribiste sin que me enterara en su hora, sin que jamás comprobara lo que en verdad signifiqué para ti, aunque intuyera cuánto te alimentabas de mí. Te diría que mi desconcierto ante tu inacabada pasión no es diferente al del día en que descubrí que podías morirte de tristeza porque yo no te amaba. Eras dual, demoniaco, como protagonista de drama griego y tan tierno en tus aproximaciones nocturnas que yo no atinaba si huir o quedarme cuando menos para satisfacer mi curiosidad, para conocer cómo se desarrollaba tu historia, pues historia tenías en lo público y lo privado, a pesar de que tú me dijeras que por más arraigada que pareciera ninguna liga resiste la fuerza liberadora del renacimiento interior.

Repudiado por tus amigos, no faltó quien dijera que vivías dominado por fuerzas oscuras, que te arrastraba un brío demencial, te desinteresabas de los demás, de sus luchas y de las preocupaciones que hasta entonces considerabas históricas. Y es que ninguno te conoció enamorado. Nunca cediste a la tentación transgresora hasta que me atravesé por tu vida. Rompiste la manía de las manifestaciones. Dejaste de protestar en las calles y de ondear banderines con lemas en contra del imperialismo, aunque jamás disminuyeron tus fobias contra los Estados Unidos ni renunciaste a combatir empresarios. Abandonabas tu vieja gabardina beige en los respaldos gastados de los asientos de los cafés, pero no declinabas tu proclividad a las discusiones al calor de una taza de té. Te olvidabas de los horarios domésticos, de los encargos, de las medicinas que llevabas en el bolsillo y de las ventanas en las que sólo tú adivinabas pulmonías fulminantes, dobles o cuatas, incurables y más incisivas que la lengua de tus enemigos inseparables. Durante meses me impresionaste. Me cortejabas con gracia, armado de libros, de flores y de las referencias cinematográficas que más me gustaban. A la velocidad de tu enamoramiento urdías un embrujo que yo vinculaba con las aventuras heroicas. Hablábamos de historia, de cocina o pintura. En tus dominios temáticos reinaba el poder y yo coleccionaba artificios para entender a los gobernantes. En medio de gesticulaciones relatabas sucesos inverosímiles y detallabas anécdotas que venías menudeando durante décadas. En realidad el hombre es un ser de costumbres, una idea que se repite hasta el infinito, una rutina capaz de maravillar por su frecuencia descontrolada, modelo inacabado de sí mismo, copia en descenso de viejos dioses. Discurrías proyectos extraordinarios, nada se te antojaba desmesurado y tu arrebato te convertía en agitador de la burocracia. Susurrabas al oído del presidente, le sugerías obras monumentales, tareas tan inusitadas como desenterrar viejos templos, fundar museos de utopías, de quimeras, de sueños causados, de manuscritos o rarezas políticas. Te escuchaban uno tras otro con similar interés porque estás hecho de lava, de hierro al rojo, de pólvora y cempasúchil; porque hueles a día de feria, a la Alameda de antes y a noche del Grito. Los impresionabas por tu manera de intercalar frases entre la frase de por sí eslabonada, por someter el gerundio a la oración en pasiva y por abrir historias de historias de historias que jamás concluían porque tu adjetivo era puntal de dramas históricos que invariablemente nos hechizaban. De que te enorgulleciera tu fama de rey de la síntesis, ni quién lo dudara. Pero yo, incisiva y feroz, pillaba las claves de tus avezados retruécanos. Brillante tu calva, blancos tus bigotes a lo Zapata, torcidos tus dedos por acción de la artritis, inventaste que por celos me enfurecí y en una de ésas te los dejé como ganchos. Y todo por tu paranoia esencial, por tu inevitable costumbre de exagerar y lamentarte hasta abrumarnos con tus castigos cuando alguien —particularmente yo— se atrevía a contrariarte.

Qué diferente tu azoro cuando una mañana de marzo te dije yo misma que me había enamorado. Qué honda tu soledad cuando leíste en mis ojos la brasa, un surtidor de goces. "No te merece, dijiste, ni siquiera podrá retenerte. Míralo junto a ti: eres océano y él aprendiz de río; eres fuerte, una pasión al rojo. No se atreverá a igualarse contigo. Te probará como vino fuerte y volverá a guarecerse en las profundidades donde tú lo encontraste. No podrá te lo advierto, y cuando en su cobardía descubra que tu recuerdo le basta para sobrellevar su rutina, tú conocerás el vacío del desesperado." No te hice caso. Avancé en todas las prohibiciones. Lo amaba de día y de madrugada; lo amaba en la sal, en el agua, en los colores de la ensalada, en sus juegos con las palabras, en sus regustos más simples y en los sabores que paladeaba. Pero más que todo lo amaba en los susurros nocturnos, en los pactos que jamás cumpliría, en los silencios y en el mundo que construíamos como dos creyentes en los milagros. Palpaba su historia de cancelaciones y nunca ignoré su debilidad; pero lo amaba por su conmovedora sospecha del despertar, porque era él y su voz me incendiaba, respiraba con él la esperanza y lo sentía lentamente cavando en mi alma. No quería más. Nunca pedí más. No tuve más. Miré su lado oscuro y descubrí a mi pesar que se confirmaría el caudal de advertencias. Rasgué la verdad y supe que no habría regreso.

Tú lo supiste también; me espetaste mi derrota con los triunfos de tu voluntad superior, y aunque bajo tu furor agresivo me rogabas que no me apartara de ti, llorabas a solas. Sé que sufriste, no por el episodio en sí, que no perdonas ni yo consigo cicatrizar, sino por haber emprendido el principio del fin que tanto has temido. Miraste en mi tristeza un dolor que nunca te pertenecería y en un tono de perturbadora aflicción me dijiste que imaginaste de todo, menos atestiguar mi lamento de viuda.

¡Cuánta vida y no vida se tiende entre tu memoria y la mía! En su hora creí que me anclabas a mitad del océano y allí me dejabas. Me aislabas. Protestabas al comprobar que no eras el eje de mi universo, no me colmabas, que de vez en tanto necesitaba algún dialogante, voces, rostros distintos, oxígeno y espacio abierto para correr y escaparme. Necesitaba palabras, figuras, escenarios y gestos que en nada te vincularan ni sospecharan siquiera que mi lecho era pedestal, y estatua el que dormía con estrépito junto a mí. "Una celebridad", te llamaban, porque se te quedaban mirando como niños en el desfile, quizá porque vivificas apegos que sólo en la infancia se nutren por los cadetes uniformados. Más de una vez comprobé que los generales se te cuadraban y te exhibían frente a los soldados con devoción: un patriota, experto en episodios castrenses, depositario de la relación puntillosa de nuestras derrotas y escasas victorias, entusiasta narrador de ascensos y descensos en el Ejército mexicano, maestro. Sonreías con comedimiento, pero sin pausas. Hablabas en público y en privado con soltura creciente, mejor ante un auditorio cautivo o reblandecido por la admiración femenina; pero hablabas con la seguridad de centrar la atención y aun de triunfar sobre el escepticismo de los incautos.

Que había que recobrar la lectura en voz alta en aulas y plazas, enseñar himnos, corear epopeyas, repetir episodios grandiosos, nombres ilustres, fechas y glorias republicanas. Llegaste al extremo de considerar que nada tan eficaz como la poesía para desarrollar en los niños el pensamiento crítico. Tu efervescencia se dilataba como la intensidad de la canela. Hablabas, hablabas una vez más, convencido de que tu misión consistía en difundir el saber de la patria, en formar defensores de oficio, hombres dispuestos a todo con tal de cuidar el precioso legado, mujeres con resistencia a la adversidad, recias y transmisoras de la liturgia cívica para que en los niños se conservaran rituales y símbolos en nombre de la bandera, del honor y de lo que debemos a los abuelos. Divertida, yo prodigaba platillos a base de yerbas y me dejaba llevar por los humores que despedían las salsas para las pastas. Inmune al contagio, accedí sin embargo a las posibilidades cromáticas de nuestra nación y no faltaron los verdes, los blancos ni los colorados a la mesa, en la cama o en los floreros que aprendí a acomodar sobre bordados de aves y vegetaciones fantásticas en cómodas que, desde luego, cambié por las de madera más burda para vivir a tono con las cazuelas y los jarritos de nuestra tierra. Del huipil no acepté mucho, lo confieso con timidez, y hasta la fecha continúo prefiriendo la sensualidad oriental de las perlas; tampoco participé del folclor ni del renacimiento de la cocina prehispánica. No probé gusanos de maguey tostados, no me sedujo ningún mixiote ni me atreví a saborear los escamoles, por más que me los cocinaran en caldillo de nopales, chile y epazote. Invariablemente observé con terror el listado de excentricidades con las que te agasajaban tus incondicionales: cupiches, corundas, jumiles, tamales, pulques curados, pozoles, memelas, panuchos, moles, pipianes, tlacoyos y hasta tlacuaches. Sin menospreciarlos abiertamente, me refugié en el celo de otros deleites, de otras texturas, de otros aromas y paladares emparentados con goces mediterráneos, afines al alborear y próximos a la nitidez cristalina que del fogón a la letra he buscado como divisa de la palabra. Inventé mezclas de vinos con setas silvestres, aguacates con miel, naranja y pernaud, plátanos al coñac, sopas de flores, ensaladas de calamar, dulces de almendra y de nuez, cocimientos eróticos, manzanas al caramelo y otras delicias que mal notabas y sí disfrutabas.

¿Recuerdas aquellas lluvias en las que me fui a recolectar clavitos, patas de pajarito, cornetas, palomas, duraznillo, pípilas, lenguas de gato, señoritas y gachupincitos y que en medio de una descarga de aromas los hongos se transformaban en alimento de dioses por el prodigio del champaña? Más que el ajo, ofrendábamos los aceites de olivo y ajonjolí, de soja o de nuez, y en medio de carcajadas al vino con pan y quesos, rebanábamos las cebollas mientras elegíamos el sabor exacto de la salsa oliendo en estaciones del sabor a la vista ramas de eneldo, albahaca, mejorana, tomillo, perejil, epazote, laurel, orégano, hinojo y de cuanta hoja, tallo, rabo o flor apareciera en la alacena para concluir que a las setas, por sobre todo, les gusta el fuego y la cava, la sal y la pimienta y que los ingredientes saben pedir calor y remecimientos, según el ánimo y la temperatura interior de los comensales.

Ignorante hasta entonces de los regustos reservados a los fogones, aprendiste ese día y los que vinieron a reconocer en tu aliento resabios de antiguos placeres, placeres de los sentidos, sin patria ni compromisos, poseedores de extraños poderes, regentes de otros dominios y a resguardo en puntos recónditos de la memoria del alma. Fueron los meses del hallazgo y los goces; los de la armonía y la amistad; meses en los que el calendario sólo aceptaba acontecimientos fechados y nuestras vidas cursaban los ciclos del intercambio, los descubrimientos de territorios espirituales y encuentros de dos soledades que no estuvieron llamadas a compartir un destino, hasta que tú lo forzaste.

Todos tus modelos de mí se rompían, y te exasperabas cuando creías tenerme en un puño y me iba por entre fisuras. Libre a mi modo, me deslicé hacia un feminismo irritante para el lamento tribal, para las que abrevan en el océano de la autopiedad y persiguen culpables de su incapacidad para luchar por lo que dicen querer. Lo acepto, sí: detesto la tontería femenina, la estupidez de las adictas a dietas, mocherías y psicoanalistas porque ignoran que el temple se gesta en el hueso y la voluntad en la frente. Me cuesta trabajo respetar a quien no se ha atrevido a levantarse de su postración. Es el orgullo el que desde la cuna, en el confesionario o en la cama nos obligan a doblegar para que crezcamos en la mentira, en la inferioridad y en la disposición a la gratitud. El orgullo, pilar del alma, espada y coraza; sin él la vida desciende a esclavitud o cápitula en la resignación; sin él la cara se cuelga, las manos se reblandecen, el corazón se confunde y el pensamiento se queda atascado en el temor infantil. Es la humildad la que debemos buscar, la verdadera, la que sufre las peores pérdidas, la que lleva al escritor a inclinarse ante las palabras y a permanecer siempre erguido, la que enseña al pintor la superioridad del color, el poder de la luz. Saberse "la más ínfima de las criaturas" no es humildad, sino falso orgullo de quien ciertamente se desprecia a sí mismo, un desprecio impostado que nada tiene qué ver con la sabiduría de los humildes de fiar, esos que saben de qué materia están hechos, cuáles son sus deberes y qué es lo que pueden y deben hacer.

Sé que en nuestras diferencias para valorar la verdad estuvo una de las causas mayores de la ruptura. Aseguraste que a mujeres como yo no se les puede decir ciertas cosas porque nos disgustamos, reaccionamos con furia, exigimos, ajustamos cuentas, resolvemos en consecuencia y que por eso mentías. Mentiste tanto al final, cuando el enredo llamaba al enredo y yo cedía a la desconfianza y a la inseguridad, que lo único que ganaste fue mi desprecio, la pérdida cabal de respeto. Antes, mucho antes, el mundo cabía en tus manos. Me dejé llevar por tu magnetismo sin declinar mi oposición evidente. Puesto que en principio era temporal nuestra relación, no afectaría la ruta paralela de mis afectos ni cometerías la imprudencia de arrastrarme hasta el Minotauro. Transcurrieron los meses, tú en tu casa, yo en la mía. Atrapada sin darme cuenta, me incorporaba a una fábula en la que era posible acometer empresas que hasta entonces supuse imposibles. Jugar a vivir, tirar el lastre, coleccionar olvidos y nutrir la memoria con mitos en una liviandad que me innovaba. Hijo de las furias y del rayo, tú transitabas de la cólera al resplandor, de la ira al remanso. Te salvaba tu habilidad persuasiva. Una y otra vez cursabas los mismos errores, los perfeccionabas, y sedimentabas el fondo odioso que te haría insoportable. Intuí en tu trasfondo cierta lascivia; pero me negué a confirmarlo, aunque sumaste motivos para que yo creyera que tu debilidad por las defectuosas y desasistidas no se debía nada más al paternalismo ni a tu afán protector. En nombre del bienestar, preferí el lado bueno aunque reconstruías con mal gusto mis supuestas nostalgias entre las sábanas, me enrostrabas pasiones imaginarias, catalogabas ausencias, listabas mis fantasías o pretendías inmiscuirte en mis clamores recónditos. Gendarme de mis ensoñaciones, determinaste que mi talento era tu patrimonio y las ilusiones mi patria. Forjaste una identidad para mí, la que más se ajustaba a tu autoritarismo. Labraste mi máscara, eludiste mi verdadero rostro, fraguaste un espíritu paralelo a mi espíritu, un talante para tu uso doméstico, un lenguaje contrario al mío, una voz que no era mi voz, una mujer que resumía con versatilidad a las nueve que, según presumías, habitaban en mí. Entonces comenzó tu vicio de adivinarme, de interpretarme y espiarme, de ocupar espacios que no te correspondían. Comenzaste a adueñarte de mi voluntad, a intervenir en mis decisiones, a sustituir mis deseos y a suponer transformaciones recónditas, intenciones oscuras y mala fe. Después emprendiste el capítulo de las enfermedades.

Fuiste ángel al alborear, turbulencia que, igual que la marejada, amenaza por lo alto y desde el fondo arremete contra todo. Encarnaste al demonio, me arrastraste a tu infierno, moldeaste al guerrero y al redentor de tus luchas; juez y testigo, condenaste a los demás sin piedad, me obligaste a redoblar mi coraza, a huir, a volver, a confesar lo indecible, a llorar de impotencia y a conocer la tristeza; te paraste ante mí y me pusiste contra la pared; me amenazaste y juraste matarme si me atrevía a apartarme de ti; me acariciaste con inconcebible ternura después de los más feroces ataques de celos; te sentaste a cuidarme cuando enfermé de melancolía y creímos que no sanaría; me abrazaste amorosamente, me acariciaste en las noches aunque sospecharas cuánto añoraba a quien en jornadas de amor remotas me hiciera etérea y hermosa; juraste que jamás me abandonarías y diste gracias al cielo por los años de felicidad compartidos; "el mayor don eres tú", dijiste en un rato de confidencias; te conmoviste una, diez, cientos de veces porque me estremecía ante lo bello y si me quedaba mirando el ocaso tú me mirabas a mí con el azoro paralizado en el gesto y el corazón ablandado por la luz que te enseñé a distinguir como recado de Dios. Te aferraste a mi pasión de vivir, te colgaste de mis deleites y a la vez te empeñaste en abolir mi deseo de viajar y moverme, de probar y arriesgarme. Mi culto a la claridad nunca se avino con tu tendencia a mentir. Fue en este pasaje donde la verdad explotaba entre los dos porque la herencia de tu México amado se manifestaba en la turbiedad, en el machismo que beben de las aguas maternas y en una actitud torcida que desde la cuna se infiltra en las venas para fundirse en las maneras de ser uno y doble, uno con las mujeres, otro con los amigos, uno en familia, otro en la vida social, uno frente al espejo y otro detrás, en la región de los actos sombríos, donde reinan la cobardía y las bajezas, ahí donde privan la complicidad y el encubrimiento. Fuiste duro conmigo, me duele aceptarlo, duro y brutal. Jamás me ofreciste disculpas ni aceptaste ninguno de tus errores. En cambio me espetaste con pormenores cada una de las ofensas que te infligí, las agrupaste y mediste hasta coronar con lo imperdonable. Fuiste exigente, implacable, "de una pieza y convicciones inamovibles", como si por decirlo con el pecho adelante le rindiera méritos a tu soberbia. Crecí bajo el yugo de la violencia, tú lo sabías. Por más que insististe en que debía combatir mi inseguridad, los hechos contribuyeron a que permaneciera atemorizada. Desarrollé la confrontación para defenderme en un medio hostil, antifemenino y ningunedor. Por eso pasaron años antes de que pudiera elegir por mí misma, antes de que pudiera enrostrarte los nos, antes de que entendiera que es preferible equivocarse y rectificar que permanecer humillada. Sin buscarlo apareció el amor y algo muy hondo provocó mi renacimiento, mi afán transgresor, mi sensación de poder y querer transformarme. Entonces te sorprendiste por mis reacciones y el universo se estremeció. Cayó el rayo, te tambaleaste, te intimidó mi vigor. Sacudiste el pasado, me amenazaste, apelaste a tus derechos de esposo, me echaste en cara mis responsabilidades y aun acudiste a recursos directos para retenerme y sacarme del caos en vez de las artimañas que solían funcionar cuando yo fantaseaba despedidas sin causas visibles. No me detuvieron tus gritos ni tus insólitas lágrimas. Nadie en el mundo era más fuerte que yo ni más decidida. Me hice adivina, clarividente, maga, reina y artista. El cielo estuvo en mis ojos y la esperanza en los ojos amados. Cuando quise entender y ordenarme me descubrí en vilo, sin piso y expuesta, por mi tristeza, a humillaciones que ni por asomo hubiera aceptado en circunstancias distintas.

Fuiste mullido como pecho de ganso y sal en mi espíritu. Fuiste llama y ceniza, brisa en otoño, luna en insomnio. Fuiste tú, tricolor y voraz, infatigable batallador, ahuizote y gendarme. Al alborear adquirías tonalidades doradas y en tus ojos aparecía el espejismo del emprendedor que yo disfrutaba. Tu poderoso sedentarismo se iba tendiendo en mi vida como la red sobre los delfines. Por ti recontaba un cuento de dragones domesticados, imaginaba sueños como el de Alonso Quijano y como Borges me tocaba la frente preguntando si lo que pasaba pasó mucho antes, si sólo dormía o estaba soñando, si el trinar que me distraía era de pájaros o el aleteo de los ángeles causaba ese ruido de túnicas en abadía que me asaltaba en las tardes. Fuiste pesadilla y deleite. Una pesadilla ruidosa y cambiante, tan mutable y estrepitosa que antes de hacerlo consciente estabas ahí frente a mí, iluminado, esperando que yo relatara historias de amor o te leyera pasajes curiosos de los periódicos. Te pillaba invocando a tu madre, llamando a tu abuela y me burlaba de tus interjecciones dramatizadas. Fuiste insustituible, universo, océano, cordillera, columna monumental, fiera y resguardo. ¿Cómo rearmarte para entender indicios que prefiguran un ser que nunca existió?

En realidad lo conocí por mi pasión por el cine: escribía guiones de vez en cuando, actuaba entre amigos y estaba dispuesta a pagar cualquier precio por dirigir mis largometrajes. Mi juventud no me impidió padecer el cerco del sindicalismo ni generaciones enteras pudimos vencer la atrofia de la corrupción que reinaba en la industria cinematográfica. Pero ahí estaba él: influyente en lo bajo, aventurado en lo alto, aguerrido, voluntarista, capaz de remover la molicie y de interponer soluciones para que nadie se sintiera ofendido ni desplazado. Yo le contaba leyendas mientras lo acompañaba en el coche, ampliaba o disminuía las tramas que nunca llegué a realizar, salvo en experimentos privados, y desde mis veinticinco años medía sus cincuenta y siete con la distancia que jamás imaginé recorrer. La confusión se planteó desde los orígenes porque mientras yo redituaba la que supuse amistad, él aniquilaba la última de sus resistencias para vivir hasta el fondo su verdadera pasión. Lo demás fue hechura del fuego, designio que ninguno pudimos cambiar, acaso fatalidad. Aceptarlo me facilita el entendimiento: ruta incendiaria, laberinto anudado al misterio, desfasamiento del hado. Por él aprendí a desdeñar los rumores y a sortear las claves cruzadas de la información; pero nada me dijo de la grandeza de alma ni de la tiniebla que ensombrece las relaciones; nada me dijo del horror a la inmovilidad ni del cerco del tedio; jamás se refirió a los espasmos del pensamiento ni me habló del endurecimiento del pensamiento o de los sentidos, y por eso se desbordaban las aguas entre nosotros con tanta facilidad.

Hoy me pregunto qué miedos secretos son los que mueven al hombre mayor a enamorarse de la posibilidad que se oculta en una muchacha. Que es el temor a la muerte me dicen los enterados, y reacción similar a la de las mujeres que se embarazan en los cuarenta, pero yo no lo creo. No ahora, después de corroborar que nada hay más intrincado que la conducta ni más falseable que la pretensión de explicar por la libido una verdad que durante milenios se ha reservado el entresijo de su cambiante expresión. Ni siquiera me atrevería a asegurar cuáles fueron los móviles más persistentes en su complejo persecutorio ni cómo emprendió su carrera hacia la amargura y el desaliento interior. Sé, por ejemplo, que amaba mi fuerza vital y el desparpajo con el que desplegaba mi libertad en un medio esclavizado por los prejuicios. Sé que lo dominó el fanatismo y que en ese estado de renacimiento interior triunfó sin remedio su lado nefasto. No por viejo, sino por transgresor y vivaz deseó mi vigor, y por encima de todo estoy convencida de que jamás pretendió hacerme daño, más bien trataba de facilitarme las cosas, sólo que nunca entendió que sus cosas no eran mis cosas ni sus deseos coincidentes con mis deseos. Experto en lances, ardides y soluciones políticas, descreyó sin embargo de su autoritarismo. Por principio negaba cuanto podía incomodarlo y defendía con obcecación a quienes tenía por honrados, a pesar de las pruebas en contrario. Se negaba a aceptar, por ejemplo, que los desvaríos de su mejor amigo eran síntomas obvios del síndrome de Alzheimer. Con el no por delante principiaba sus frases. Negaba para afirmar y ni Dios padre lo persuadía de aceptar un error. "No es cierto", decía mucho antes de concluir cualquier frase. "No está enfermo, no tiene dinero, no fui, no lo vi, no dije, no hice, me están malinterpretando, me levantan falsos, ésas son medias verdades, las cosas no son como crees, estás confundiendo, me calumnias, me provocas..." Sé también cuánto sufría por mí, por mi talante de fuego, por mi desapego y mi fervor por la sensualidad. Adquirió la adicción a los taxidermistas y a todas las variedades de la damiana. Inquirió propiedades de yerbas o píldoras para depurar su potencia, emprendió ante el urólogo una peregrinación lastimosa en pos de un milagro y no dejó capillita sin visitar, santo sin su promesa ni agua, vitamina o remedio sin consumir con religiosidad.

Ahora confirmo que lo desigual sobrevive a condición de inclinar el eje en favor de un falso equilibrio; el resultado, a pesar de todo, es desigual. Una relación así, tramada de excepciones sin fin, anticipa experiencias atroces a la madurez natural. A él debo el conocimiento de la senectud y el desarrollo gradual del temor a la muerte, la suspicacia y la fobia a los intolerantes. Nuestro matrimonio tuvo sus mejores momentos en la convergencia del diálogo, allí donde la curiosidad y el saber encontraban la ruta de lo sagrado y podíamos huir de lo cotidiano, de los motivos que incendiaran su cólera o de los abismos entre nosotros que a mí me empavorecían hasta desajustarme. Tanto apreció mi natural rebeldía e inconformidad que no tardó en combatirla, en pedirme que no me expusiera, que no me mostrara, que evitara la confrontación y dejara de incitar a los otros con mis filmaciones y conductas perturbadoras: demasiado seductora para impedir que los hombres, educados en el machismo y en la abyección, me malinterpretaran y luego él tuviera que salir al paso para llamarlos a cuentas. Eso es lo que tenía que entender: él conocía hasta la médula las costumbres, sabía qué está permitido, qué está prohibido y cuáles son las libertades que pueden tomarse ciertas mujeres antes de ser repudiadas por los demás. Las mexicanas no estamos hechas para la desobediencia ni para ir despertando celos que acaben en hechos de sangre. Incapaz de asimilar esos términos de prudencia tramada de hipocresía que determinan el sobajamiento de las mujeres, jamás practiqué la mesura ni me caracterizó discreción ninguna; pero pagué el precio, muy alto, de mi autonomía moral. Y él sí que llevaba al extremo su certeza de ser un "hombre de respuesta", lo difícil era determinar la frontera de las provocaciones. El pudor me ha impedido aceptar que en la medida en que me formaba y creaba él, inconscientemente, rivalizaba conmigo, aunque en caso alguno mi capillita se pareciera a su catedral. Todo funcionó con estabilidad hasta que mis quehaceres me rindieron el primer reconocimiento y hoy, todavía, no puedo, no quiero creer que, como dijera san Agustín, enfermó por el bien ajeno. Equivocada o no, la coincidencia es innegable: sobrevino un torrente de acusaciones a partir de mi decisión de caminar por mí misma.

Los ataques de celos no se debieron a su obcecada tendencia a apropiarse de mis tareas, de mis pensamientos y fantasías porque cuánto más violento su estallido más ostensible la prueba, según él, de cómo me proponía exacerbarlo, inclusive sin darme cuenta. Cuando distinguí que nos anudaba un cordón de locura, ya era muy tarde para rectificar o retroceder: demasiada historia entre las dos biografías, demasiada carga de miedos, de intimidación y renuncias, de ésas que poco a poco se van sumando a una forma de ser, para encabezar el listado de prioridades, de obstáculos imaginarios y de ataduras reales. Relatarlo me duele, pero no hacerlo me destruiría. Me encuentro en la fase del desconcierto, columpiándome sobre el abismo, aferrada a la voluntad y dispuesta a llegar hasta el fondo para no depender de nadie, menos de él ni de su memoria. No hacerlo me dejaría como rehén para siempre, una inválida del espíritu, aunque dura por fuera, "terrible", según dicen, y a la luz de los chismes, la responsable de su desolación, de su triste abandono.

En nada podía decirse que fuera un hombre común. Su talante estaba dividido y nunca le conocí ocasión de situarse en el centro. Un día me puso una pistola en la frente porque se enteró a mis espaldas que haría cualquier cosa por librarme de él. Con qué derecho, me dijo, me atrevía a describirlo como un demonio. Con que él me obligó a aceptar una relación que yo no deseaba... Sus ojos, relámpago de hielo, cayeron sobre mí. Lo vi también, un instante, pero la fuerza del hado era más fuerte que yo y no tuve agallas para correr, para cruzar el océano y escaparme de su dominio. Ahí me quedé, paralizada de miedo, engendrando un resentimiento que lenta pero firmemente se desarrollaría con el tiempo. Cedí a su desesperación, me sumé a sus conflictos, me hospedé en el infierno y acepté mi rendición transitoria. Pasados un día, una semana, un mes, un año, continuaba celebrando el milagro de estar viva. Adquirí la costumbre de tocar mi cuerpo, de mirarme al espejo, de caminar entre árboles para sentir tierra firme y corroborar que seguía en este mundo. Otras agresiones sobrevinieron después, cuando sus delirios persecutorios y su ignorancia de lenguas lo hicieron creer que en Atenas yo coqueteaba con un joven recepcionista porque al registrarnos en el hotel preguntó en inglés si quería un cuarto aparte para mi padre, o sea él. Esa noche, en vez de irnos al Partenón, otra vez pretendió asesinarme.

Cumplíamos un año de convivencia. Un año de probar el acre sabor del vasallaje. Un año de asombro, de ráfagas deslumbrantes, de participar en los entresijos del mando, de acceder desde el cruce de datos, de inferencias y asociaciones a lo más recóndito del sistema y de sentir en la entraña la patria que hasta entonces me fuera tan indiferente o desconocida que ni siquiera podía imaginar que patria y memoria remota eran una y la misma cosa, patria y pertenencia ancestral, herencia de siglos, nudo en el alma y atadura del corazón. ¿Cómo saber que patria e impulso de muerte eran una y la misma cosa?

A solas gritaba sin comprender qué pasaba, cómo se había tramado ese cuento o por qué secretos designios yo había renunciado a la vaga que había sido a cambio de vivir a la sombra de un hombre que mal comprendía, que me impresionaba por sus excesos de autoridad y que ciertamente no amaba, aunque ya para entonces las dependencias eran tan obvias que mis amigos dejaron de hablarme ante los desajustes en las conversaciones, en los intereses de cada quien y aun en nuestros distintos modos de hablar. Yo notaba cómo en su afán de agradar él incorporaba expresiones o preferencias que con seguridad reprobó al educar a sus hijos, casi todos mayores que yo. Pasaba por alto ciertos detalles, como mis breves sesiones a solas para oír a los Beatles o a Chabela Vargas; pero en nada cedió respecto de sus exigencias domésticas y sociales para que yo me "ordenara": no disiparme con amistades inútiles, no perder el tiempo mirando dos películas diarias, jamás leer historias de amor ni revistas de chismes, bajo ningún concepto andar en bata por casa o comer a deshoras ni menos aún levantarse después de las siete...

Antes de convivir con él, el mundo cambió de color; se ensanchó en una de sus orillas y en otra se estrechó con tal desaliento, que cada vez que cerraba los párpados miraba una ausencia. Si rozaba mis muslos, añoraba las manos que solían recorrer curvaturas que nos conducían al remecimiento. Un olor llamaba a otro, una textura a otra y cada faltante a la misma nostalgia. El pasado se revirtió contra mí y a cambio de mis encuentros eróticos con un pintor delicioso se multiplicaron mis horas de estudio, aventuras de discusión interior y un entrenamiento intensivo en el lenguaje político. Escribí a una amiga que me sentía completamente agotada, que era incapaz de resistir su iracundia y que haría lo imposible por apartarme de él. Ésa y otras cartas que nunca mandé fueron las que él sí leyó, las que enardecieron su ánimo y le provocaron un incontenible deseo de matar.

Cierro los ojos y miro la escena primera en sus pormenores: mi habitación a media luz y el vestido rosa que más me gustaba; unos claveles del día que arrojó contra la pared. Otra vez su mirada diabólica. Otra vez parado al pie de mi cama. Otra vez sus ojos desorbitados, las mejillas encenizadas, el listado de "defecciones" que le infligía, las sanciones que me esperaban y ese rostro satánico, ¡Dios!, no lo olvido. Me acompañará hasta la muerte su gesto de pesadilla... Sólo pensé que no deseaba morir. Gritaba. Temblaba de furia y se acercaba a mí más y más. Violentamente cogió la almohada en la que me recargaba y la lanzó al corredor. Me sudaban los pies y un hilo helado me recorrió la espalda. De un tirón rompió mi vestido y, con el cañón de la pistola en el entrecejo, me ordenó decir que sí lo había ofendido; tenía razón, merecía morir... No obedecí. Permanecí en silencio, sin quitarle los ojos de encima, en alerta a cualquier descuido, consciente de que mi vida pendía de un hilo. Sin sacar el dedo del gatillo esperó mi respuesta. Los segundos eran siglos y plomo el aire que respiraba. "¡Dispara!, le dije, de una vez." Me levanté. Se desplomó, pero continuó amenazando hasta que pude arrebatarle el arma y ponerme a resguardo. "Está bien, te daré una oportunidad." Creo que se sintió liberado, que es lo que estaba esperando, que yo le impidiera seguir adelante, que lo apaciguara y asegurara que estaba bien, ya había pasado, no tenía qué temer ni yo lo abandonaría... De pronto, la metamorfosis: languidecieron sus hombros, volvieron a las cuencas sus ojos, el gesto se reblandecía lentamente. Lloró hasta quedarse dormido plácidamente.

Perdí mi nombre, pero me afamé como la mujer más amada. "¡Cómo te quiere ese hombre!, ve por tus ojos", me decían con envidia las mujeres cercanas. "¡Mira cómo lo traes, loco por ti!" Loco, sí, pensaba. Loco de amor. Loco de patria. Loco de pies a cabeza y más loca yo al decidir que, si no era posible por medio alguno deshacerme de él, convertiría mi casa y mi vida en un paraíso habitable. Me costó conseguirlo. Nunca se estabilizó, nunca se serenó, nunca mitigó su violencia ni dejó de desencadenar escenas trágicas o brutales durante los escasos y lamentables viajes que emprendimos juntos y que invariablemente suspendimos antes de lo previsto. Fuera del español, los idiomas atizan sus llamas. Se siente inseguro en ciudades, en espacios y medios que no conoce, se resiste a abandonar el hotel y puede transmutarse en hiena a efecto de las primeras palabras en lenguas que lo expulsan del mundo, de su mundo, del universo que domina desde un teléfono, sin necesidad de moverse de su escritorio.

A excusa de mi inexplicable deseo de aventura, de mi necesidad de viajar, de mis insatisfacciones y de mi inclinación a vivir en la fábula, él se exasperaba hasta perder el control. En México celebraba mi don de lenguas, pero lo sufría al escucharme: Grecia, Italia, Francia... no son para mí países ni referencia de mi devoción por el pasado remoto, sino estaciones dramáticas de la memoria que me propuse olvidar para no avergonzarme de mí misma, de mi estúpida debilidad, de mi prolongada resistencia en la sujeción. Es difícil desmembrar una vida tan apretada, tan colmada de luces y sombras, tan atroz y placentera no obstante en sus resquicios vitales. Atreverse a buscar en las biografías clandestinas equivale a encarar una verdad que suele crecer en la sombra, bajo capas que la preservan intacta, fuera del conocimiento de los demás. Ésa es la ley mexicana: llevarse a la tumba la realidad y dejar la apariencia a los vivos. No dar de qué hablar es la consigna. De esas lecciones desprendió su maestría para actuar su papel de protector mesiánico, comprensivo feminista, defensor de derechos y libertades, esposo devotísimo, liberal perfecto.

A pesar de los episodios oscuros, ajustamos los dramas con naturalidad a las reglas cambiantes de un mismo juego. De lo otro no se hablaba. Jamás ocurrió. Y si algo hubiera, no fue como yo lo creo. Siempre malinterpreto, deformo la realidad, lo degrado, lo difamo con fantasías: "¡habrá qué ver cuál es la versión que queda de mí si sobreviven tus versiones! Temo a tus películas. La gente va a conservar la impresión de que fui un miserable. Ya sé que me reservas esa venganza. Que estás esperando que yo muera para mostrarle al mundo la clase de hombre que soy..." Hasta parece que vivo empeñada en desprestigiarlo, me dice inclusive ahora, a kilómetros y océanos de distancia. Si yo recordaba, él se reconciliaba con su demonio. Ante él cultivé dos memorias: la de los inventarios y la del olvido. En soledad me proponía unificar mi existencia para no doblegarme, para no abandonar del todo a la rebelde de un día, a la que esperaba sobrevivir y adueñarse de su destino. El humor, lo que se dice humor, sólo le aligeraba a ratos; más bien practicaba un papel de indefenso a prueba de resistencia, y en público desplegaba el carisma que por fin acabó por fundirlo a la patria. Mi patria, ¿qué otra cosa nos define y compromete? ¿Qué más, si no la patria, está por encima del todo? Que tarde o temprano lo entendería, sancionó, porque "el apátrida es el vencido: tú eres apátrida, careces de arraigo, no te apegas, te da lo mismo expresarte en inglés que cantar en castellano. No aprecias tus orígenes, desprecias tus costumbres, tu gente, tus valores. Lo vas a pagar. Ya te arrepentirás. Tiempo tendrás de llorar, de añorar lo perdido, de clamar por lo que ahora consideras tribal, prescindible y menor. No entiendes nada, pero algún día lo entenderás con dolor, cuando yo me haya muerto y no puedas reconocerme en mi verdadera batalla. Cuando estés sola y no te quede más que arañar las paredes con desesperación".

Recuerda, patria, a los antiguos mexicanos. Recuerda su vaciedad, la agonía de sus dioses. Recuerda el rumor, el eco, el águila y el punzón de los sacrificios. Recuerda a tus hijos, patria, tributarios indóciles, chichimecas y aztecas. Recuerda, patria, al tolteca, al artista, al que habla con la verdad, da la cara, consagra la dualidad y desde su corazón aguarda a las flores del Sol. Recuerda las púas, el nopal, tus magueyes y el paisaje de cactos, al dios que lanza luces y envuelve en sombras, al maíz negruzco, al frijol, a la chía y a la chicalota. "¡Nada será mi fama en la tierra!, anunciaron los padres remotos, ni los cantos en lenguas perdidas, ni las aves rojas del dios, ni el juego de pelota funesto; tampoco perdurará la memoria del reino de los descarnados, allá donde todos nos vamos hasta Mictlán." Patria y Casa del Sol, en ti reina la primavera, reina el dolor. ¿Dónde quedó el camino? ¿Dónde la voz de los muertos, la sangre y la inmolación? Muda, patria, perdiste la voz, la palabra, tu cara y el rumor de antiguos augurios que ondulaba de cerro en cerro hacia el alborear. Olvidaste, te sumiste en el lugar de la angustia. Ignoraste a los que rigen la marcha del día. Menospreciaste al espejo mágico. Te remeciste al calor de los goces y el quetzal adornó el altar de los tigres y de las semillas, la casa de Moctezuma, el escudo del héroe, el penacho y el báculo. Irradiaste esplendor, ardiste como la hoguera del nuevo Sol y celebraste con esmeraldas, turquesas y abanicos de plumas las glorias benditas del dador de la vida, Señor-Señora del Universo. ¡Oh, patria! Te abandonaron tus poderosas deidades. Llovió ceniza en tus templos y la muerte permaneció al filo de la obsidiana. Los emplumados de negro vencieron, arremetieron contra los sauces, contra los pájaros y las garzas azules. Quitaron tu máscara, tasajearon tu rostro, mancillaron a los prelados, a los reyes y a los poetas. Desde entonces tiñe la sangre el gesto y llora el sabino en la montaña de la Culebra Sagrada, se estremece la tierra y la guerra arrastra a los hombres como el infortunio al Ciervo de Culhuacán. Lloro por ti, por los misterios perdidos. Lloro, patria, por lo que fuiste, mariposa sagrada; por el papagayo amarillo, por el tamboril y el camino, por los nobles guerreros y el cascabel. Lloro por el país del hule, por las fragancias que quedaron allá, en el sahumerio que en su carrera dejaron los últimos pobladores de Teotihuacán. Lloro, patria, por los rumbos que modificaron los dardos, por los atavíos, las sonajas y las mazorcas, por los libros pintados, por las caracolas preciosas y por el ondular de las llamas.

Es la ley del espejo que hace relucir la verdad y las cosas, la ley de la dualidad. Humo y estruendo, cambiaste, patria, nuestro sustento por sacrificios. Ya no tañen por ti las flautas de jade ni se embelesan las almas cuando se yergue la aurora. Enmudecieron las aves doradas y las flores del canto. Te quedaste en la región del misterio. Dejaste tu hueco para que la cruz y la espada lo rellenaran, para que otras espinas surcaran, patria, los miembros mestizos y desmemoriados. No tienes lugar. Olvidaste. Las piedras son piedras sin los cascabeles que se ofrendaban al dios. Las flores no son espuma sobre la tierra ni el agua tu palabra dorada tendida sobre el Anáhuac. Apátrida, me llaman, patria, porque como tú no tengo casa en la tierra, porque me paro a mirar un cementerio de dioses, de escalinatas sagradas y de esperanzas. Apátrida, porque hago memoria, recuerdo la desgracia final, el principio de una incertidumbre que aún no termina y los árboles que derraman tristeza. Fijo mis ojos en la mariposa, en el águila blanca y en la serpiente emplumada. Abro mi corazón al misterio y te reconozco, patria, entre los huesos de barro. Huelo tu raíz, toco tu piel espinosa, paladeo la tierra reseca y lloro otra vez en el lugar de las nieblas al ver abandonados tus patios. Hueca, patria, como tus cuencas, hueca.

En los ojos de los demás yo leía esa diversidad del asombro a la morbosidad que se tendía alrededor de nosotros al atestiguar lo disparejo de la pareja. Él lo sufrió al principio: se violentaba, renegaba de la invariable tentación de los murmuradores y remataba el enojo con anécdotas que, según sus humores cambiantes, divertían o detonaban el estallido; pero en caso alguno cerrábamos el episodio como empezaba, con algo sin importancia. Con los años, sin embargo, sumó a su temperamento telúrico estratagemas habilísimas para diferir la atención hacia el reconocimiento de sus virtudes y consumar esa poderosa identidad de testigo y vocero de su época que le rindió el atractivo faltante al consolidar su tipo de santo patrón de los desasistidos, ángel exterminador, bonachón social y poder comedido detrás del poder, pese a que su nacionalismo, cada vez más impetuoso y excluyente, nos causara un rosario de malos ratos a propósito de que le saliera al paso cualquier inconformidad u opinión que considerara "desprecio por su país". Exhibir desigualdades era mortificante también para mí, pero no intolerable: huidiza hasta la misoginia, me aburre la murmuración, a pesar de que en el interés clasemediero por medir la distancia que separa su vulgaridad de lo distinto u original espejea el espíritu de una cultura. Además, mi avidez por consumar un destino en el arte estuvo por encima de necedades: necesitaba preservarme, concentrar mi energía y estudiar, en especial estudiar y trabajar sin presiones, aunque nunca imaginé que me encerraría con las peores en casa. Sobre todo al principio estuve dispuesta a todo, cuando por la sola ruta de la distinción académica sufrí agresiones inexplicables, experiencia que me causó uno de mis mayores asombros; el otro azoro se vincula a la ruidosa exageración con la que este pueblo, huérfano de tragedia y de hondura en el pensamiento, expresa un dramatismo adquirido que entre nosotros adquiría visos kafkianos: con gritos para negar y deformar lo real, infiltraba una terca insistencia en que lo que se ve no es lo que es, lo que se toca no existe y el otro no "entiende el verdadero sentido" de lo que a todas luces era una falta a la que, en el remoto caso de tener que aceptarla, justificaba que fue orillado por el error de otro. Para él, experto en eludir responsabilidades y en voltear los hechos para aparecer como víctima e incapaz de hacer mal a nadie, andar con alguna mujer no era únicamente calumnia, sino maledicencia de los demás, lo que en nuestra ruptura vino a significar un ajuste de cuentas tan doloroso que él, patria sin mácula, se resquebrajó frente a mí como cristal en pedazos.

Recordar ese infierno... Las horas oscuras bajo techo de gritos, el lamento nocturno, un dolor de espada bajo la piel, incertidumbre, la red de mentiras con la que pretendió persuadirme de que yo enloquecía, era injusta lo difamaba y lo maltrataba... "Si al menos entendiera", pensaba. Todo se veía tan confuso... No estuve preparada para un desenlace tramado de senectud, desencanto por su país, insatisfacción de sí mismo, crueldad; sobre todo de crueldad...

Nunca entendí, ahora tampoco, la envidia enquistada de siglos en el alma del mexicano. Sospecho que es una manera de reaccionar a los faltantes en su destino, igual que el recurso del griterío, el alarde o la carencia de discreción. Por eso, quizá, no existe aún una gran literatura, porque en vez de recrear la existencia, de aspirar a la grandeza, de reinventar la vida o atreverse a enfrentar la verdad, temperamentos como éste dramatizan lo menor para velar lo fundamental en medio de gran barullo, como él lo hiciera con lujo de desmesura.

A mí me extrañó que en especial los que de sobra conocieron mi tenacidad se comportaran como si los hubiera despojado de algo entrañable cuando fui sumando grados y galardones universitarios. Sólo eso: pequeñas preseas de mesabanco, lo que se dice certificados de aplicación, ningún reconocimiento que pudiera confundirse con algo ajeno al estricto escalafón de las aulas. Luego, claro, vino lo demás, la suspicacia y sus vertientes de maledicencia, cuando salté a la acción y de ésta a la obra. Entonces conocí las entretelas de la rivalidad y la variedad que descifra a los envidiosos, desde el infecundo perfecto hasta los que hacen como que hacen y de ellos, entre ninguneos y abierta agresión, los que se ocupan en entorpecer el trabajo.

La fidelidad a lo que se es y la decisión de llevar a cabo un proyecto por encima de todo conllevan precios que sólo estamos dispuestos a pagar quienes conocemos la hondura del propio don, la señal de la gracia. Nada importa el talento aquí, importa la habilidad para sentar fama de inteligente de oídas; por eso creí ridículos a los vanidosos y a quienes, presas de una ingenuidad conmovedora, se sienten acreedores de la inmortalidad. En mi caso, estuve dispuesta a cubrir la cuota de mi certeza en una pasión creadora. Me bastaba entonces, igual que ahora, no obstante haber explorado el ardor del deseo y el desenfreno del enamoramiento, lograr un espacio propio, conquistar el privilegio de vivir en y para la búsqueda del furor divino que me condujo al arrobamiento desde los días en que por Platón supe de los goces de la belleza suprema y del deleite que causa el intento de volar cuando lo sagrado nos conduce a la realidad superior. Pasados los años y sobre una pila de padecimientos quizá innecesarios, quizá excesivos, tuve que darme cuenta de las pruebas que se interponen a las voluntades más firmes. Al elegir un destino en favor del espíritu no dudé, aunque vi la turbulencia interior; vi un presente que transitaba del amarillo al rojo y un porvenir nublado que se prefiguró como tenía que manifestarse, como estaba escrito, como determinaron los hados: en soledad y contra toda esperanza, consciente de que el cuerpo no lograría, en modo alguno, la armonía de que antes gozaba. Asumí mi enajenación confiada en los ritmos y en los movimientos de las voces. Comprendí que mis sentidos permanecerían encerrados en la morada corpórea y que mi apego a la fábula sería para siempre eficaz instrumento para imitar aquella fuerza cuya posesión no me estuvo dado gozar. Sólo así pude iniciarme en los misterios de la poesía. Gracias a la renuncia de lo convencional, he descubierto la íntima razón y me he extasiado ante la suavidad de lenguajes enteramente armoniosos, como son los de la iluminación y el deslumbramiento. Eso, en lo fundamental. Respecto de lo cotidiano, su presencia me preservaba cuando menos de mí misma, me dotaba de la seguridad de la que yo carecía y, aunque de hecho no me formaba ni me tutelaba por la sola causa de que yo me he inclinado a las rutas contemplativas, la experiencia era por sí misma enriquecedora. Nunca ignoré lo difícil que es el matrimonio para mujeres recias y fundar relaciones armónicas, libres del aguijón de la rivalidad o del resentimiento. Coincido con quienes han afirmado que nuestro aprendizaje consiste en elegir el cauce para sobrevivir en una cultura regida por supersticiones, prejuicios y exclusiones típicas del machismo. Peores obstáculos hay que sufrir si el alma se empeña en refinamientos tan distantes del universo del maguey y del barro como las mías, enredadas como están en mitos o en la potencia que colma de luz al cosmos. Entiendo que mis preferencias me hayan aislado; pero cada vez que me paro ante el espejo me felicito por haber atinado con un sentido para vivir. Y me felicito doblemente al corroborar el tedio de quienes, creyéndose superiores por ostentar un matrimonio y una existencia representativos del hombre masa, me excluyen por rara, por distinta y contraria a la resignación.

Es casi imposible que, por fuerte y emprendedora que sea, cualquier mexicana logre sola la mitad de lo que consigue al amparo de la protección masculina, aunque esa presencia sólo sea sombra, referencia de estado civil, punto de partida de invenciones y supuestos ajenos, aparente resguardo. Están el lesbianismo y su recurso batallador; pero es la hendidura que apenas se nota, es el mundo inaccesible para quienes, como yo, no se preocupan en inquirir la sensualidad de los demás ni ven diferencias en los modos de practicar preferencias privadas. Me interesa ese capítulo de humanidad sembrado de enigmas, su sello social, el juego que se desprende de una elección entretejida con el ocultamiento, con los pequeños atrevimientos del transgresor en tierra de intolerantes y la carga de situaciones que se eslabonan con el hecho de que una mujer ame a otra mujer, de que un hombre se reconozca enamorado de otro y hagan por eso tremendo escándalo, como si el asunto mereciera la consideración de los dioses, y el resto del mundo tuviera que aprobar o condenar la trascendencia de su intimidad compartida. Por algo jamás se ha dado en sociedad tan cerrada el modelo de la mujer que desafía con el pensamiento, la que se realiza conforme a sus convicciones, la feminista que en vez de lamentarse se lanza a la conquista no únicamente de derechos y libertades, sino de la sabiduría o cuando menos de un destino contrario a la esperada infracción que tanto suele agradar a los que sólo ven las posibilidades del espectáculo en la consumación de una vida. Se enfurecerán los militantes de la sexualidad, pero es hora de reconocer que lo cómodo ha sido esgrimir el lugar común de las desigualdades, mientras que lo comprometedor continúa reservado a los lances de la razón, igual que hace miles de años. De los griegos prevalece el semillero del pensamiento, el hallazgo de la virtud, su sentido de la armonía y el acierto de haber atinado con un cauce de humanidad digno de rescatarse. Permanece su devoción por lo bello, su culto a lo sagrado, su pasión por los mitos y el sentido de la tragedia; lo demás era recaudo, ingrediente del calendario y esa parte de los días que sólo cuando empeñaba el quehacer de los héroes, cuando enturbiaba el corazón de los mejores o servía de reflexión a los sabios resultaba digno de ser evocado, cantado, rememorado. Vistas así, y aun a pesar de las alteraciones emocionales de los profetas del psicoanálisis, las peculiaridades circunstanciales del erotismo no pasan de ser capítulo cambiante en la cultura del cuerpo. Ésa era y sigue siendo la cuestión: saber qué es lo fundamental y qué lo secundario.

En fin, lo que cuenta aquí es la historia de una condena. Importa el deslinde no de un hombre o de una mujer como tantos hay confinados en la simulación, sino de una mentira que crece bajo la máscara de bienestar. Importa levantar capas de hipocresía y enfrentar la carcoma. Importa hundir la navaja para cortar hasta el hueso y regañarnos en la verdad. O tal vez ni eso; pero hay que encontrar un hilo de racionalidad y aferrarse a un sentido porque de otro modo la existencia sería insoportable por su estúpida vaciedad. Perdida la ilusión de lo maravillosos que pudimos ser y al comprobar que no somos más que un puñado de confidencias, de miedos y frustraciones que en el mejor de los casos nos permiten sumarnos a la historia por lo que hacemos en el incierto ámbito del espíritu y la ficción, no por lo que decimos en nuestra lucha por ser aceptados, nos queda reflexionar en lo sagrado, en el poder de los dioses y en lo sabios que eran los antepasados remotos por inventar grandes credos, por crear civilizaciones interesadas en conquistar el mundo y en materializar su añoranza de gloria en templos y tumbas monumentales.

Quise saber el porqué de mis biografías clandestinas. De dónde surge la necesidad de entender, de rasgar el secreto, de explorar el lenguaje del corazón y arriesgarme por los vericuetos de la memoria. Recordé una respuesta al misterio de la confesión: ante todo, "la gente es mucho más desdichada de lo que pensamos y además... no hay gente madura". Cierto: no hay gente madura. Abundan los coleccionistas del miedo, los dolientes y resignados, los que distraen su pavor a la muerte con la facilidad de la comedia, los indiferentes, los misioneros de la estabilidad y de la concordia, los que se mantienen en vilo o los trapecistas. Sin embargo, bajo la piel de dos o tres confidencias se oculta en los hombres una obsesiva urgencia de confesar, de revelar un secreto. Si algo une a los pobladores de esta jungla teñida de absurdos y sinsentidos es precisamente la apetencia de desahogo, el deseo de mostrarse, el afán de encontrar coincidencias o de aligerar el peso de lo que se alimenta y sobrevive en silencio. De ahí la genialidad de fundar un credo basado en la fuerza redentora de la penitencia, porque el sosiego que contrarresta la inquietud del secreto depende de satisfacer la necesidad de alcanzar perdón y purificarse.

Que hay hombres, muchos hombres obsesionados con la sinceridad, observó Malraux, y que la confesión cristiana otorgó a esos creyentes una herramienta para encauzar su avidez de inmortalidad, su apetito de penitencia y en especial su necesidad de crearse la ilusión de un destino asumido. Es posible que esta acción en profundidad contrarreste la parte de comedia que domina la vida, esa parte que brota a pesar de las máscaras y que se sobrepone a la tentación del espíritu de consagrar los pobres actos de razón que nos redimen del ridículo, de la vulgaridad, del aburrimiento y de lo escasamente novelesca que resulta la vida por más que nos empeñemos en la originalidad o en hazañas heroicas. "Luchar contra la comedia es como luchar contra las flaquezas, mientras que la obsesión de la sinceridad debe perseguir un secreto."

Trapecista sobre el abismo, me constituí conscientemente en vigía de dos o tres confidencias que al paso del tiempo se volvieron carcoma. "El hombre es un mísero montón de secretos." Ahora entiendo esa tremenda verdad que explica los chismes que suplen al arte como recurso catártico para mitigar la irracionalidad que alimenta nuestra personal dotación de comedia y la prisa de confesar para consolar al ser que ocultamos y, acaso, para aliviar la carga de silencio que nos arrastra a la búsqueda de sentidos de ser, de deidades o destinos esplendorosos. Es probable también que las posibilidades creativas de los secretos nos permitan ahondar en las dos o tres preguntas que nos definen en lo esencial, sin que sus respuestas importen ni modifiquen nuestra relación con el mundo. Descubrí que la obcecada tendencia a declarar flaquezas, tonterías o simples episodios de la existencia nocturna equivale a luchar contra el olvido, a disminuir el temor a la muerte o experimentar un sentimiento de concordia tan insondable que gracias a él confirmamos la piedad que suaviza y nos hace misericordiosos, inclusive con nosotros mismos.

Durante años mantuve velados algunos descubrimientos desagradables; tan recónditos estuvieron que ni yo misma me atreví a aceptarlos porque de hacerlo a la luz de la honradez me obligaría a decidir lo que las zonas oscuras de la conducta no pueden vencer y en ocasiones ni siquiera asimilar. Es lo truculento adherido en el inconsciente, lo que nos rebasa en estado de vigilia y a nuestro pesar se transforma en angustia. Por eso las parejas aprenden a sobrellevarse tendiendo escudos para no aborrecerse. No, más bien se sobrellevan aborreciéndose como vía de expiación. Unos llaman cariño a la juntura entre dos infiernos; otros, complicidad, acomodo, resignación y, en el mejor de los casos, lealtad, una adherencia que continúa incluso en la soledad.

De todos, el matrimonio es el misterio menor. Por él lo imposible se hace posible, lo contrario se congrega y se encauzan contradicciones en una dirección compartida. Cuando eran sabios, los chinos aconsejaban a los amantes vivir en una sola dirección, como un par de ojos en una cara y en la certeza de que, cuando el otro ojo desaparece o se pierde, persiste su huella hasta por el vacío de su ausencia. Al revés de esas ligas espirituales, Occidente fundó nudos dolientes y los nombró matrimonio. Para conservar esas ligas forzadas se sellan lealtades, intereses absolutamente infundados y crece y perdura lo que nunca debió mezclarse ni reproducirse. De tan extraño y excepcional, el amor documentado despierta sospechas cuando se le mira con aspecto de sensual felicidad. Unión privativa del enamoramiento, hasta parece que los esposos, cuando felices, ocuparan un espacio de libertad que no corresponde a su situación de casados. Es como si la concordancia habitara un cuerpo extraño, como si el connatural estado de perfeccionamiento interior, distintivo de la complacencia erótica, fuera ingrato al sedentarismo existencial de los amaridados. Carezco de autoridad para opinar del amor: cuando lo conocí, elegí el sufrimiento y desde entonces equivale a oquedad, a ausencia. Supongo que existirán heroísmos y campeones perdurables de este arrebato que se apodera de nuestro espíritu y, poseídos por la pasión, llenan sus días imbuidos de un incomparable gozo, el más alto, que diviniza el deleite de fundirse con el amado para cursar un camino de interioridad luminoso, camino en pos de la belleza interior y exterior.

Debe existir en alguna parte de la pareja institucionalizada esa ardiente voluptuosidad que activa el deseo de belleza, no lo dudo, porque de no ser así la oferta del psicoanálisis se situaría en el renglón de las promesas oraculares que solían llenar los profetas, los sacerdotes y los adivinos, hábiles administradores de conciencias, que además de celebrar, suplicar, conjurar y dar gracias a las entidades supremas, ejercían el poder interpretando sueños, cifrando augurios y leyendo libres figuraciones. En caso de aceptarlo y de aceptar que el enamoramiento es estallido, gracia, renacimiento interior, entonces no entiendo cómo esos esposos-amantes no se vuelven transgresores profesionales, cómo su energía no estremece y a su pesar cuestionan, agitan y escenifican el propio furor que suscitan. Los felices y equilibrados no se notan ni ascienden a la pantalla o a la literatura. Nada saben de hasta dónde el protagonista es la historia ni cuánto se parecen el tedio y la neutralidad que falsean la armonía. Y si esto es así, ¿a quiénes y por cuánto tiempo ha sido dado el privilegio del amor? ¿Para quiénes reserva la divinidad su furor y hacia dónde fluye la pasión cuando una pareja se considera casada?

Artífices de un bienestar convenido, mi caso principió como transgresión y rápidamente devino en sujeción marital por obra de la convivencia y de la costumbre inmoderada del autoritarismo frente a la fábula. Sin embargo, entre los dos surgieron acuerdos jamás mencionados: mi silencio por su protección, mi docilidad a cambio de su cobertura patriótica, mi entrega a los vericuetos del platonismo y de la cinematografía por su exigencia de incondicionalidad, mi doblegamiento en lo cotidiano por mi desobediencia espiritual, mi carga de ausencias más el olvido de la pasión y ningún descontento a cambio de su tutela devota, de su amorosa solicitud. Él reinaría al modo presidencialista, con oposición aparente, sin que nada vulnerara su autoridad; yo disfrutaría de una intranquila seguridad y civilizadamente esquivaríamos entre nosotros el peligro de los ultrajes, de las ofensas y las injurias mediante una suerte de benevolencia que oscilara entre el orden y la templanza. Rebelde afuera, sumisa adentro, cedí y acumulé. Observé, aprendí, me fortalecí y en su oportunidad, cuando todo por fin se satura, me fue imposible eludir el compromiso conmigo misma. Era de esperar que algún día surgieran mi madurez y los efectos naturales del paso del tiempo. A nuestro pesar brotaron los desajustes y poco a poco nos fuimos volviendo coleccionistas de secretos del otro. Me estremeció su acentuada propensión a la comedia no obstante su afán de heroísmo, su necesidad de volverse leyenda y de simular visos trágicos para contrarrestar estremecimientos provocados por su iracundia. Su cólera me intimidó tanto como su fascinación por el poder, siempre negada por él, y no ocultaré jamás hasta dónde intuí un final consecuente con su talante. Lo que no supe es que yo misma me reservaba sorpresas, que a la hora de los enfrentamientos hasta el más aborregado manso desencadena reacciones insólitas y que protagonizaría durante semanas infernales un cuadro de violencia tan complejo que me provocó una lesión cardiaca que padeceré de por vida. Gendarme de sus secretos, no fue difícil caminar por los corredores tenebrosos de su desmesura ni darme cuenta del sofisticado brote de donjuanismo que alimentaba su tendencia a vivir rodeado de mujeres que lo adularan, que le pidieran favores o le hicieran sentir único, seductor, paternal, guía de los descarriados, patriota; luego, en sus desbordamientos atroces, mezcla de amante inofensivo y resguardo. Su secreto nutría mi íntimo desprecio por la doble verdad que construyó con la materia de su patria y juntos elaboramos un modelo político de conformidad marital.

Cuando la enfermedad entró a casa y, como dijera el poeta

Pellicer a propósito de la pobreza, se le dieran tratos de señora, floreció entre nosotros un nuevo lenguaje, el de las disquisiciones sobre los humores del cuerpo, los cambios en el ambiente, los fríos que se infiltran por las rendijas, manchas o verrugas que brotan en la geografía de la piel, temas alrededor de cabellos que amanecen sobre la almohada como filones de muerte, de acideces que rompen la armonía de la mesa o de dientes que se quebrantan, dolores de huesos, de articulaciones, de órganos, de uñas, de espíritu, de memoria, de sueño, de fatiga, de cabeza y de pies: sobrevino el mundo de la oscuridad y la realidad se dividió en dos orillas inconciliables. Surgió el lenguaje de la vejez, y su desaliento exasperado dominó nuestras vidas cuando yo todavía no reparaba en que mi juventud estaba por concluir.

Él, por su parte, daba bandazos entre la fortaleza ideológica y la debilidad corporal. Su aspecto no perdió su beligerancia habitual ni sus actitudes políticas reflejaban el efecto de sus dolencias, salvo por una clara impaciencia que delataba sus desacuerdos privados con los cambios que nos encaminaban hacia la más feroz competitividad del capitalismo. Ninguno de sus encantos públicos desapareció, más bien las hospitalizaciones cíclicas lo situaron en el centro de las atenciones gubernamentales e indirectamente contribuyeron sus males a consumar entre amigos y conocidos su función de patriarca, portador del nacionalismo, último liberal y guardián del Constituyente. Sin demasiados deslices temperamentales asimiló una actitud clerical que lo situaba por encima de sus diferencias mundanas. Estrechó ligas con los más altos jerarcas religiosos y no tardó en situarse entre ellos en posiciones privilegiadas. De tanto en tanto acudía a sus comidas y adquirió el hábito de telefonearles y de infiltrarse en sus asuntos más reservados: "Es por el país. Debo saber qué es lo que está ocurriendo. Las cosas no andan bien..." Opinaba, le consultaban, intervenía y cuando estos expertos en lides políticas se dieron cuenta de que un seglar era uno de ellos ya estaba él, patriota unívoco, fisgón de los verdaderos poderes, infiltrado en la médula del imperio eclesial. Allí confirmó la fuerza arzobispal que aún lo distingue y de ellos absorbió su potestad milenarista. En su mirada se leen dos mil años de autoridad más la certeza de ser infalible y de estar iluminado por Dios. Así, además de ministro sin cartera, enriqueció su energía personificada en su figura monumental al conferirse atributos cardenalicios en un tiempo en el que los asuntos supremos conciliaban los intereses divinos y estatales. Así emprendió la etapa de representante de las fuerzas vivas, emblema encarnado del ideal nacionalista, un ciudadano ejemplar.

Para rendir tributo a los símbolos vivientes, los mexicanos se pintan solos: desde que se institucionalizó el levantamiento armado se practicó la doble rutina de enseñar en las ceremonias significadas a los hijos y hermanos de Emiliano Zapata y, en filas paralelas frente a los chicos de la prensa, a sobrevivientes de las batallas del sur o del norte que literalmente exhumaban de los cerros pelones o de chozas intercaladas entre las urbanizaciones turísticas de Morelos: hombres apergaminados, conmovedoramente pobres, que mantenían en alto su orgullo, limpísimo su calzón de manta y firmes sus bastones de palo. Hombres derechos no obstante su lomo encorvado y tan extraños al ámbito del discurso oficial que iban ahí, manchas del pasado entre la prosperidad anunciada, con la evocación de su reciedumbre a cuestas y una misma tristeza aborigen. Desfile de sombras, emisarios de un tiempo perdido, vestigios del nopal y las tunas, mutantes entre la barbarie y la civilización o entre la ingenuidad aborigen del que por siglos espera justicia y la advertencia sobre el despertar de la bestia, dejaban fotografiar su inocencia perfecta y cuando los animaba cierta nostalgia de rebeldía sacaban de entre sus trapos escrituras y testimonios de propiedad ilusoria para exigir ante nadie que nadie les hiciera justicia. Luego desaparecían hasta ser requeridos para la conmemoración siguiente y otra vez recomenzaban el rito con vigor disminuido. Estas reliquias se fueron apergaminando al paso de las décadas, de los discursos y del exhibicionismo cambiante de cada régimen. Unos se cayeron de viejos en sus llanos resecos y dejaron su hueco en fiestas anuales patrocinadas por el Congreso o por feligreses revolucionarios de Anenecuilco; otros, más resistentes, sobrepasaron el centenario, olvidaron la significación de las fechas y, refundidos en el petate que habrá de cubrirlos cuando cadáveres, aún viven para contar que ya no son necesarios en los rituales patrióticos ni requeridos siquiera como evidencia de inusitada longevidad.

Sospecho que fui la única en advertir su ausencia. Nadie notó la senectud faltante entre los invitados especiales del ceremonial de rigor. Centenario universal, Fidel Velázquez se bastaba a sí mismo para cubrir la simbología del pasado. No se habló más de la familia revolucionaria, tampoco de la justicia social o de las promesas del régimen, de combatientes heroicos ni de familiares de aquellos hombres recordados por sus hazañas con letras de oro en los rincones del Palacio Legislativo. Lo que más lamenté es que jamás se interesaron los oradores en informar cuáles eran esas proezas, cuáles los triunfos o la gloria acreedora de loas inauditas. Yo los miraba impávidos, con las manos callosas sobre el sombrero de paja, oyendo esto y aquello sobre beneficios agrarios y triunfos de la justicia. Miraba sus huaraches de llanta y sus pies curtidos, igual que las correas y sus uñas amarillentas. Miraba e imaginaba: tropa en desbandada por los caminos, destructores de las haciendas, embriagados al anochecer y echados bajo los árboles tras jugosas jornadas de saqueo y violeo. Campesinos en tránsito hacia la soldadesca, salvajes armados de carabinas y palabras soeces a caballo o a pie, sarta de bárbaros animados con voceríos como señal de la tribu. Horda polvorienta, siempre vandálica, consigo arrastraba un eco de siglos, la devastación de las furias. Lloré por ellos como lloré al corroborar en mi infancia que a la santa Eduviges, encasillada en ataúd de cristal a los pies de un tal obispo sin nombre, afamado por milagroso, dejaron de crecerle el cabello y las uñas cuando la capa de polvo enmascaró su gesto de santidad infantil y a los parroquianos no interesó más iluminarla con veladoras. A ella debo mi culto por las reliquias. Comencé a visitarla en su templo olvidado cuando otras rogativas sembraron de cirios el nicho de san Martín de Porres. Me conmovieron sus ojos de vidrio, húmedos de tanto contemplar al Santísimo, y sus manitas embalsamadas en actitud de oración. Como María Goretti, ella debió morir por defender su pureza. En realidad carecía de historia. Nadie conoció antecedentes que justificaran su presencia en aquella iglesia. Estaba ahí nada más, intemporal y solitaria, acaso transportada por ángeles desde alguna remota aldea de Europa oriental para que yo, única creyente en sus poderes sobrenaturales, pensara en el misterio de la beatitud mientras adivinaba en su cara el vacío de la muerte.

Los santos y los profetas me parecen maravillosos. Me encantan los mártires y sus hazañas injustificadas, estremecedoramente suicidas. Releo el episodio del circo y sus leones anticristianos con azoro creciente y nada me fascina más que el trasfondo de irracionalidad que incita a los hombres a lanzarse a las causas perdidas. Es el torrente de fatalidad que suele atraer a las almas simples cuando pretenden igualarse a los dioses. Es también esa tentación de bravura que vence a los candidatos al tedio y la vía de expiación que ofrece a los atribulados razones que vindiquen su impulso de muerte. Entregar la vida a un ideal, aspirar a ciertas acciones, trascender, ir más allá, renacer: el héroe de nuestro tiempo sigue las huellas del gran sacrificio, del salvador de miserias, del que renuncia al propio destino por la redención de los otros. Y esa potencia vital inclinada a la conservación de la patria se respiraba en mi casa. Aun en la intimidad se perdían las fronteras entre lo que correspondía a la pareja y lo privativo del héroe que persigue la consumación espiritual de una proeza. En su anhelo mesiánico definió su carácter y, para legitimar su aventura nacionalista, exageró la atmósfera de peligro que demandaba su naturaleza guerrera. En vez de dragón combatía contra los Estados Unidos y a cambio de lanza esgrimió alegatos indispensables en su defensa de la sagrada soberanía, porque en verdad creyó poseer la raíz, el fundamento del México independiente.

Mi religiosidad se colma de gozo cuando descubro reliquias vivientes. Se extinguen con dolorosa velocidad en esta época nuestra, inclinada como está al culto del consumismo y de los objetos efímeros. Él sí que sabía administrar su imagen y prodigar remedios, consejas, conjuros o maldiciones de acuerdo con el alto deber asignado por la fortuna. Confieso que de él añoro su oferta de integridad cívica que aviva las emociones. Extraño tal vez su pasión política. Como los ateos respecto de Dios o de credo, mi hueco es de patria. No es lo mismo convivir, por ejemplo, con un ingeniero o un gerente de empresa, con un cajero o un "corrector de estilo" que con una estatua viviente, un guerrero de tiempo completo y defensor del culto patriótico. Toco la cavidad que me dejara su probidad cuando hablo con los banqueros y vendedores venidos a gobernantes y me doy cuenta de lo perdido por la economía de mercado al observar el desfile de medianías que se prodiga en la burocracia. Ignoro si eran mejores; pero con seguridad fueron mucho más divertidos los funcionarios de antes, aquellos que se creyeron comprometidos con la Revolución, elegidos por su virtud, redentores de miserables y llamados por el poder superior para eternizar el sistema mediante el ejercicio político. Conscientes de su valor personal, de su superioridad sobre los demás, asumían con naturalidad el poder y se desplazaban sin huellas de duda en sus ademanes. ¡Qué tiempos los mexicanos! Fueron los días iluminados por comunistas y conservadores, por un semillero de ideologías y representantes del territorio y del pueblo. Dueños de la verdad, del camino y la vida, premiaban, repartían, castigaban u omitían a discreción porque los bienes nacionales eran sus bienes, las leyes sus normas y la política privilegio de hombres que se llamaban de acción y de pensamiento. Fundaron instituciones, inventaron la educación, sentaron bases para el futuro y la cultura fincó sus reales en el espacio que ellos, civilizadores y visionarios, legaron a las generaciones futuras. Así dormía él a mi lado: Ulises mañero, Quetzalcóatl promisorio, demiurgo y prelado.

Jamás esperó envejecer: la patria carece de edad. Se sumó a los ciclos del ocaso y la aurora con la certeza de su pequeña inmortalidad personal. Hablaba del porvenir igual que los niños de los ayeres remotos, sin conciencia de lejanía ni de las transformaciones pequeñas o grandes del universo. El pasado era en cambio presagio, lección, advertencia: un mundo dotado de asas, translúcido, monolítico, que podía llevarse y traerse de espacio en espacio y de fecha en fecha para medir con él el presente. Materia de ensoñaciones y de esperanzas, con el pasado construía su presente; era lo concreto y de fiar, mientras que a futuro las cosas se disipaban en ese rango de lo deseable que los optimistas suelen considerar esperanzador. A partir de los setenta años, además, lo que fuera fundamental en ciertos temperamentos rígidos desciende a niveles de olvido a cambio de atender las oscilaciones no siempre firmes de la vitalidad. Y menos que nadie yo ignoraba que no era un hombre común; en ocasiones ni siquiera parecido a sí mismo, con ser tan fiel a sus hábitos y tenaz en la costumbre de repetirse. En alerta por necesidad, si algo aprendí es que la vejez es un arco siempre en tensión, la prueba definitiva de la existencia. Así como hace sabios o indiferentes a unos, a otros les brota un furor que oscila entre lo demencial y la lucidez dirigida. Se reaniman apetitos dormidos, las añoranzas se vivifican, la ansiedad se tiñe de cierta aflicción en sordina, la impaciencia se antepone a la discreción y donde existieran comedimiento y cautela aparecen los íntimos ajustes de cuentas que afilan la ira o adormecen el raciocinio. Y luego están las descomposturas del cuerpo y su contribución a la inquina, una vía franca que cede a la enfermedad el equilibrio doméstico y los imponderables que empiezan en pormenores y a poco se apropian hasta de las esquinas del alma. Me pregunto por qué nadie habla de esa carcoma, por qué se encubre a la simiente de la discordia y socialmente se trata a los males como dolencias efímeras en vez de enseñar su rostro ampuloso, de mostrar los efectos que recaen en los sanos y de advertir sobre los peligros que atraen los ciclos de malestar, incertidumbre y dolor. No hay contrariedad que se le iguale ni cuita más estorbosa que la que afina la lucidez mientras se debilita la armazón. Por absorber mis cuidados, él me despojó del derecho a darme cuenta y aun de atender mis propias necesidades. Esposa sin nombre, la que soy se desprendió de la otra, la que vivía de la fábula, y yo dejé de ser yo para dividirme en la esclava de sus deseos y en una ermitaña que gastaba su soledad leyendo de noche y de día, buscando en los mitos personajes grandiosos y situaciones extraordinarias, inquiriendo en las voces el surtidor de los dioses y fantaseando el amor, las libertades, lo bello y lo pleno.

Él gobernó mis días, pero me transformé en su testigo. Me acechaba, lo acechaba. Inquiría mis secretos, preguntaba detalles, asociaba o disociaba y engrosaba su memorial de agravios con habilidad anecdótica. Nunca faltaba el remate de sus jornadas con la contraseña del bienestar, "eres mía, no lo olvides", y reiteraba que para combatir los corredores de mi infelicidad sólo tenía que confiar en él, lo demás vendría solo. Lo peor, sin embargo, lo que en verdad me punzaba, era la sutil picadura de su recelo:

—De un tiempo a esta parte has cambiado. Yo sé qué te ocurre. Sé lo que estás pensando...
Y después, la retahíla:
—No estás satisfecha. Vives añorando a Juan. Sueñas con él. Darías cualquier cosa por estar junto a él. Pero ya ves, sólo los verdaderos hombres nos comprometemos. Ya te arrepentirás...
Con rebeldía indomable primero juré que jamás me doblegaría. Pero se sumaron los halagos y se ensanchó la amistad bajo la piel de una violencia que aprendí a manejar a fuerza de padecerla como rutina. Por fin acepté domesticarme. Tenía razón, como siempre: me desgastaba luchando contra el amor, contra el bienestar y la más firme de las lealtades. Insegura, sospeché que tal vez estaba en lo cierto, que lo padecido en mi infancia no garantizaba estabilidad y después de todo tenía suerte al haberlo encontrado en el momento en que más lo necesitaba. A solas me atormentaban las dudas. No faltaba insomnio sin el aguijón de los deseos cancelados, las fantasías incumplidas, la incertidumbre de lo que podría lograr por mí misma y la sospecha de que algo fallaba en mi paraíso porque jamás llegaba el sosiego y a cambio de serenidad se ensanchaba la melancolía.

¿Por qué cedí? ¿Cómo del esplendor que anhelaba vine a quedar en tiniebla? ¿Dónde quedó la apátrida que ignoraba el sentido excluyente de las fronteras? ¿Dónde quedó su fe, su erotismo, su desobediencia, el placer de buscar y de cultivar el amor en función del portento y de aspirar a lo bello por la ruta de la armonía? Nunca tuve respuesta, ni entonces ni ahora ni antes, cuando una década atrás de que surgieran las primeras preguntas llegó a medianoche a mi casa con una valija en la mano. Entrenados en la ruta del enfrentamiento, ya habíamos construido el lenguaje que dominaríamos después con indudable maestría, nuestra lucha verbal, el desafío de dos inteligencias que se miden cara a cara, que se calan, se provocan o se impulsan al tensar su potencia.

Eso, hacer de la vida una prueba de fuerza era lo que lo ensoberbecía, lo que lo llenaba de orgullo y significaba su vida. No por otra cosa la política ha sido eje de sus pasiones y el poder centro de sus quehaceres. A la distancia lo veo diferente, casi cómico. A su lado, sin embargo, el dominio se expande y enturbia el entendimiento. Quizá exageré. Lo que no negaré es que me enceguecó, me doblegó, me avasalló. Acepté la realidad de la patria y si yo salí de esta experiencia casi destruida, él rejuveneció con el triunfo de sus batallas.

Me observaba al dormir, al bañarme, al trabajar o coser y yo observaba que me observaba. Confinó su pasado al cumplimiento mensual de una rutina económica para que nada faltara a sus pensionados y con habilidad eludía confidencias incómodas o asociaciones reveladoras en los momentos más críticos alegando que lo agredía. No tardé en valorar las virtudes confesionales de la cocina y el poder apaciguador de los guisos. Me lo llevaba conmigo a batir los huevos, a cernir la harina y a amasar las tortas con tiempo y paciencia para bajarle los decibeles. Él es de los que elevan el tono, de los que hacen bulto y se hacen notar en el cine cuando pretenden comentar en voz baja. No pasa inadvertido ni al sentirse víctima del ninguneo. Hasta comencé a notarle similitudes con Paco, su mejor enemigo, cuando deslizó de sus preocupaciones las formas y se olvidó de prejuicios: se expresaba con libertad, consciente del interés que despertaban sus temas, imbuido de autoridad y sin escuchar a los demás. Soltaba el cuerpo con envidiable relajamiento; se sonaba a placer, carraspeaba o se escarbaba la dentadura a mitad de la comida; pero lo mejor de Paco era su genio para enmudecer a la gente, para demostrarle la estupidez de que estaba imbuida o cercar al incauto a fuerza de alegatos que disparaba a placer.

Entre ellos se entendieron así, en la contienda sin tregua. Jamás escatimaron pullas ni ocasión para rivalizar y probarse uno mejor que el otro, más alerta y enterado de la dinámica de su tiempo, estudioso del cauce internacional y hábil para anticipar cambios políticos. Liberales los dos, uno acusaba al otro de rojo o conservador. Cuanto más se asimilaba uno al sistema, el otro respondía con propuestas públicas de reformas jurídicas o con críticas encendidas a la inclinación del gobierno, pero con indistinta pasión hubieran arriesgado su vida por defender el sistema. A los dos les gustaba sentirse decanos de la República y entre ambos se alojaba la autoridad moral de la patria. No hubo mandatario ni político que se preciara de serlo que no valorara su presencia simbólica. Sólo a ellos se les rendía tributo. Sólo ellos eran acreedores universales de deferencias y consideraciones sin distingo de jerarquía. Eran la patria. En su espíritu habitaba la suma espiritual de los independentistas y de todos los liberales del XIX, más el vigor implacable de su correspondiente individualidad. Se reconocían en el reflejo del otro, como en espejo invertido, y para distinguirse entre sí acentuaban su oposición concordante, su refinado repudio y el juego vitalicio de odiarse y considerarse insustituibles, aunque solidariamente excluyentes. La suya fue una de esas enemistades que no se rompen o se concilian ni tampoco renuncian a su fidelidad entrañable. Aun para contradecirse pública o privadamente formaban su coto de discusión para que nadie se atreviera con ellos. Cuando coincidían en reuniones y ceremonias creaban a su alrededor una expectativa curiosa. Preguntaban al anfitrión cuál había sido la reacción del uno al enterarse de que el otro estaría presente, qué condiciones interponían y si el lugar del señor presidente estaba a la derecha del uno o del otro, en medio o al frente, para que el puro de Paco no sirviera de excusa al listar objeciones. Por lo bajo crecían las apuestas para ver en qué mesas los acomodaban, cómo resolverían su protagonismo y de qué artimañas se valdrían para que el uno resultara más inteligente que el otro, más sagaz, carismático y oportuno. Recio y batallador, a nadie le informó Paco que agonizaba. Para despedirse a su modo, hostil desde luego, utilizó mi conducto. Me hablaba de cuando en cuando con singular esfuerzo, pero comprendí que su curiosidad era superior a su misoginia. "Dile a tu marido que lo espero mañana en mi oficina. Si se pone necio, ablándalo. Y no quiero objeciones: viene o lo traes, y te quedas afuera." En alerta a la infiltración indiscreta de mis respuestas, él escuchaba. En sus ojos se leía el interés, esa urgencia por conocer algo largamente esperado, pero actuaba de furibundo. Nada más colgar el teléfono, emprendió la lucha...

—¡Ese miserable! Algo trama contra mí. Haría cualquier cosa por destruirme. Quiso obligarme a aceptar un puesto luego que lo nombraron. Vivió urdiendo artimañas para vencerme, para tergiversar mi destino. Que escogiera cualquier cosa, pero que no le respondiera que no: estaba harto de mis desplantes... ¡Majadero! Creyó que me atrapaba cuando me obligó a firmar un contrato frente a su oficial mayor. "Vas a asesorarme. Te necesito aquí", me dijo mordiendo su puro, y me entregaron un cheque que ni siquiera vi porque puse su sobre en otro sobre y se lo mandé de regreso con una nota que va a llevarse a su tumba.

—Acepta. Ambos se necesitan...

—¿Tú también estás contra mí? Trabajo todo el día. Nadie recuerda a los funcionarios de ayer y hoy el país depende de dos o tres convicciones. Mientras existan guardianes del pasado habrá patria. Ésa es mi función: recordar para el porvenir, defender el legado. Paco es un conservador, un intrigante...

Breve, su encuentro fue el de la despedida. Tres semanas después amanecimos con la noticia de su fallecimiento. En mi casa calló un lamento estremecedor que dividió a la patria como si espetara su vaticinio nefasto. Algo se quebrantó desde entonces. Lo sentimos en el acomodo que sobrevino súbitamente en la concepción inusual de la democracia. Advertimos que cojeaba el país, que en medio faltaba uno de sus pilares y que en el otro moría algo en alguna región de la inconsciencia. El monolito presidencialista comenzó a resquebrajarse. Me conmovían los esfuerzos con los que él, desde casa, se aplicaba a tapar fisuras, a parchar hoyancos y ranuras que se multiplicaban con estrepitosa velocidad. Comencé a presentir un desequilibrio gradual en su lectura de los periódicos y en el desprecio con el que recibía los informes secretos del gabinete. De que faltaba un contraste ni quién lo dudara. Se había ido el hombre de acción, el enlace con sus ideas, un contrapunto en el corazón de las decisiones. Nunca aceptó que necesitaba del otro, que no se bastaba en su empresa nacionalista ni que entre los dos encarnaban al héroe tutelar del sistema. Apuntalaba por aquí o por allá las presiones cada vez más agresivas de Washington y redoblaba sus alegatos para defender una soberanía que a su pesar declinaba, transitaba hacia formas cambiantes de partidismo que él rechazaba. El mundo, su mundo, se derrumbaba. Tampoco antes habló de la soledad ni se interesó en buscar a personajes menores para mitigar su desesperanza. Incorporó voces como desaliento, traición, advertencia y peligro en su lenguaje habitual. Descubrió nuevos rostros en las reuniones y voces desconocidas en el discurso oficial. A ratos me confiaba su incertidumbre y, aunque nadie sustituyera en verdad a Paco, me convertí en dialogante preferencial para las cuestiones políticas. En ocasiones cedía a la tentación depresiva. No mucho ni prolongadamente; pero las acometidas de la tiniebla dejaban un sedimento sombrío en su viejo espíritu combativo. Dos o tres veces lo miré tambaleante. Desfilaron por su despacho algunos ex presidentes, antiguos penates, emisarios de un tiempo que se infiltraba en el pasado y el hoy se le escurría entre los dedos. Una mañana noté que en su cara se dibujaban dobleces acusadores de su insatisfacción reprimida. Destilaba una sutil amargura que devino en enfermedad y, entre nosotros, en periodos cada vez más frecuentes de recelo e inconformidad, en rivalidades creativas. La distancia generacional se acentuó. Se agravaron las diferencias sobre los respectivos conceptos de patriotismo y mientras que él se aferraba a la seguridad de las ideologías yo me aventuraba en otras disquisiciones hasta que el uno y la otra encaramos distintos mitos alrededor del poder, de las libertades y la justicia. Confirmé el misterio de la conducta y también me desasosegué al reconocer que no hay más de dos o tres causas dignas de consagrarse o de convertirse en ideales. Él se aferró a sus desusadas virtudes guerreras. Afiló su iracundia e hizo ostensibles las exigencias domiciliarias. Yo me reganaba en la ensoñación y más que nunca requerí del amor al que había renunciado creyendo que al arte se llegaba por la vía de las cancelaciones y el sacrificio y no, como es, por el furor de los dioses. Emprendimos así la etapa de la añoranza imprecisa y con terror me di cuenta de los destiempos entre nosotros: cuanto le produjera desagrado al repasar su existencia era en mi caso ruta por recorrer, la fatiga de uno era avidez en la otra, finalizaba su madurez en la orilla de una elección limitada y yo principiaba la mía asida al neoplatonismo y parada en el umbral de una modernidad inspirada en el movimiento. Buscaba mi lugar en el universo frente a sollozos coléricos por saberse expulsado del paraíso. Abominaba de la fealdad, de la sobrepoblación, de la tristeza del pueblo y de la mínima inclinación a la felicidad que se respiraba en el país del engaño, y él, ocupado en recobrar briznas de su dominio, concentraba sus fuerzas en dirección de un renacimiento impreciso.

Agonizante, creí que sucumbiría. De encarnar a la patria había descendido a portador de la historia. Patria chica, su carga de símbolos lo estrechaba, lo reducía, lo humanizaba. Sobraba pasado a su cuerpo y desesperaba por recobrar su condición de estatua. Yacente ahí, en camilla extranjera, me pareció obra de Paco la burla de venir a morir a España cuando nunca quiso salir de casa. Por un instante procuré comprenderlo. Por un instante leí su aflicción. Entendí el trasfondo de sus trabajos y otra vez resurgió la piedad. Puse mi frente en el ventanal y lo miré, lo miré.

Entre nosotros nunca faltó en las noches el misterio que funde lo real con lo imaginado ni el furor de la duermevela en la que son posibles todas las decisiones. Muchas veces, incontables seguramente, le dije al oído que lo amaba. Lo que no le dije es que nunca supe a qué mandato obedecí al decirle sí a un destino extraño, desigual entonces y desigual ahora, cuando finalmente la costumbre venció la suspicacia. Lo único que sé es que triunfó como siempre la mentira y que los otros transformaron su malicia en aceptación social de un deber cumplido.

Fue el cristal de aquella clínica. Me recargaba para observarlo a trasluz y escuchaba un jadeo trabajoso. Intuía el reposo de sus demonios mientras yo apaciguaba esa ansiedad a la que no acabo de acostumbrarme, a pesar de arrastrarla durante años tan largos. Todo estuvo encapsulado en el ir y venir de su ronquido. Si vislumbraba una punta insoportable huía de ahí, aunque las piernas me pesaran. Con el cansancio arrastraba el entumecimiento que empeoraba la inclinación a destapar la olla del infierno. Caminaba y caminaba de un pasillo a otro creyendo que me libraba del veredicto de la memoria. Al principio me atacaba el sentimiento de culpa por no haber llamado al médico a tiempo. Él decía que no era serio, que se había desmandado con los camarones o el cambio de horario se había sumado a la fatiga del vuelo. La cuestión es que entre burlas y veras sobre la ventura y la muerte lo hice moverse de aquí para allá y a medianoche un cirujano lo había desahuciado. "Así es el destino, me dije para engañarme frente al quirófano, un rayo en mediodía pacífico." No conocíamos a nadie y nadie se imaginaba que bajo ese semidifunto con el gesto ennoblecido por el sufrimiento se ocultaba una maraña de pasiones que no iba a facilitarle su faena a la parca. Y es que él es de los que viven y mueren peleando. Su sello es la lucha y que lo reconozcan combatiente su mayor orgullo. Pelea por todo, como los hombres de antes, según dice: por el gusto de anunciar que no se deja de nadie, porque cree que lo provocan, porque el mundo se vuelve contra él, porque tiene principios y defiende sus convicciones o simplemente para vengarse, castigar la insidia, poner en su sitio a los maledicientes o para no ir de pendejo por el mundo ni insinuar debilidad ninguna. Gracias a tal intensidad de carácter pude conocer de todo a su lado, menos el tedio.

Pasaban las horas tan lentas, tan lentas frente al quirófano, que de una a otra mirada al espejo se me dibujaban nuevas arrugas. Lo de la enfermedad era un apuro, pero agravarlo con la fealdad sí que mortificaba. Todo iba más o menos hasta que otra vez me recargaba contra el ventanal de la agonía y otra vez escuchaba su respiración cascada. Allí confirmé que los infiernos no se perturban a voluntad. Es un ruido, un olor, la ráfaga a mitad de un insomnio o el secreto que se descifra de golpe. El detonador aparece a discreción o a saltos de vida, en tránsitos de memoria y olvidos, pero aparece. En este caso fue la frialdad que el ventanal me provocaba en la frente. Lo presentía cada vez que me acercaba al umbral de cuidados intensivos porque en el gesto de un médico de quien jamás conocí su voz ni su nombre leía la proximidad de mi crisis. Él no dejaba de atender a sus moribundos ni yo de pasear mi simulada tranquilidad y aun así nos adivinábamos. Me miraba, lo miraba y nos dábamos cuenta de que yo me ocultaba para que no descubriera en mis ojos la historia de una tormenta. Pero hay soledades indiscretas y hay intérpretes de biografías clandestinas.

Entre ellos se tiende el misterio de las revelaciones y la verdad se desnuda con impudicia. Es la verdad, lo que no acepta aliños ni explicaciones; es lo que es, lo que no pide, no exige ni se enmascara; cae redonda, se lleva puesta y al paso del tiempo viene a servir de seña de identidad, de punto de partida al desentrañar una vida o de final de un recuento a pesar de los despropósitos. Por este médico supe también que había llegado a la edad en que lo vivido surca la cara, dibuja su saldo en el gesto y que en el modo de caminar, al entrecerrar los ojos u observarse las manos dejamos caer briznas del alma. No es eso lo que me interesa aclarar, sino cómo se me vinieron de golpe él y mi patria en su agonía. Cómo estalló un día y otro día lo refundido en silencio hasta sumar años en un instante sólo porque el ventanal de cuidados intensivos estaba helado. Iban bien su palidez y el tejido de tubos por encima de mi memoria porque encubrían su ferocidad y sus ojos amarillentos. Creo que ni siquiera me intimidaba. ¡Parecía tan desvalido, tan insignificante y anciano! Yo le lanzaba pullas creyendo que no me oía; pero después supe que eran mis comentarios los que lo mantenían con la vida en un hilo. Entre que imaginaba su muerte y asimilaba la incertidumbre del porvenir a su lado, las cosas marchaban con cierto orden en medio de aquel desastre. Crispaba los puños ante el anuncio de su declive. Esperaba con ansia el primer estertor. Me espantaba, retrocedía. Me tensaba otra vez y caminaba por el pasillo con los quejidos filtrados por la distancia hasta que su dolor me suavizaba. Él, allá, movía un dedo con dificultad, apenas gemía y yo me dejaba llevar por un sentimiento de conmiseración tan profundo que me olvidaba de mi libertad fantaseada. A ratos iba y venía con obsesión por el pasillo, aunque sin desatender el magnetismo del ventanal. A ratos me quedaba así, perpleja, o me dejaba caer en el sumidero de la memoria. Repasaba. Pensaba. Fantaseaba otra vez. Me miraba en él, sin él, frente a él o sola en un mundo sin fronteras ni patrias. El rayo otra vez. De nuevo el aguijón de la muerte, los estertores, el hilo de los recuerdos, la necesidad de reconstruir para resistir y entender, para encarar de cualquier modo la proximidad de la muerte.

Primero fue el deslumbramiento, porque no se puede vivir a salto de mata; mucho menos una mujer... "y menos una mujer como tú". Ésa fue la llave de una simbiosis tan apretada que por la malhadada estabilidad prometida tuve que darme a cambio yo misma. En realidad no sé qué ni cuánto de mí misma porque como soy una hechura perfecta del México perfecto, lo único que tengo como propio es miedo, un miedo atroz a mencionar el miedo, a desanudarlo de mi infancia, a ventilarlo, a nombrarlo, a reconocerlo eje en mi madurez y transformarlo en cuchillo para rasgar la mentira en la que crecemos hasta hacernos una con ella. "Basta de inseguridad y de miedo"; al menos eso me dijo cuando vino a llamar a mi puerta a mitad de la noche con una valija en la mano. "Ya estuvo bien de indecisiones. Tú no te atreves y yo no voy a vivir esperando a que te des cuenta de tu anarquía. Te confundes: las aventuras no se corren a costa de uno, no te equivoques." Y confundirme, pues tampoco he hecho otra cosa que eso, además de empeorar el efecto de mis confusiones cuando hago lo posible por ser sensata. A partir de entonces él se aplicaría a enderezar mi confusión y yo, pues yo a andar de aquí para allá creyendo en milagros y ángeles, haciendo como que vivo y viviendo como que hago lo que me gusta cuando lo cierto es que muy pocas veces lo logro, por una causa muy boba: lo que me gusta no coincide con lo que puedo y entonces regreso al refugio de la cocina, vuelvo al calor que prodigan los hornos gastados de años y al remanso de los utensilios amados. Amaso el pan, hundo los dedos en mantequilla y a saltos de levadura, vainilla y harina endulzo la nostalgia de los sentidos. Así me reconcilio con las cosas o al menos recobro el contacto con lo simple y su lección que me enseña de modos distintos de dónde provienen el movimiento y la diversidad que hacen único a lo que por receta se espera igual. Cambio pasas por almendras, trituro de menos la nuez o pruebo unos panes con dátiles y macadamias para sustituir a las frutas envinadas de tiempo atrás. Las texturas se dejan llevar, se esponjan, se espesan y adquieren la firme estabilidad de las yemas. Suave, muy suavemente aparecen los ojos en el batido, y en revoltura de aromas y de espesuras comienzo a leer las posibilidades de sus deleites. Por la cuchara de palo y su firme nobleza me doy cuenta de que aun la más pequeña acción abre o cierra puertas y que de no atender el preciso don de cada instante una mezcla se desvía de su propósito y lo previsto de antemano deviene en un cabal fracaso.

Un día, cuando aún me tentaban los proyectos de adolescencia, quise huir a la India porque imaginé que entre Nepal y Bombay se concentraba el azar y que en cierto punto intermedio frecuentaría la claridad. Figuré una armonía tan perfecta que en el detalle de barrer las hojas de otoño frente al portal vislumbraba la grandeza del universo y en la sensación de ser útil a los demás colmaba mi certeza de estar para algo en el mundo. Era la época en que las cosas y las personas existían para mí. Las sentía por su presencia o su ausencia, por las historias que desencadenaban sus penas y por el efecto de bienestar que me dejaron las criadas por haber crecido con ellas al lado del fuego de la cocina. Era el tiempo en que el barro olía a barro y la paja alimentaba a las vacas que coreaban mugidos cerca de mi ventana en el internado. Entonces me enseñaron las monjas a observar las guaridas de los conejos, a deshilar el lino y a bordar azucenas y lirios con hebras de oro. Hora de los hallazgos precisos: el cisne, la música, el sabor de los higos con miel y las historias de ninfas y de dioses humanizados. Eugenio, tiempo después, me llevó a leer en la Biblia versículos tan bellos como "lámpara de luz, tu palabra" y a repetir en las noches pasajes de ángeles y cantos de amor para que me sosegara: "Voy a enviarte un ángel por delante para que te cuide en el camino y te lleve al lugar que te he preparado..." "Ábreme amada mía, mi paloma sin mancha, que tengo la cabeza cuajada de rocío..." "Más que el vino son sabrosas tus caricias [...] ¡Ah, llévame contigo, sí, corriendo, a tu alcoba condúceme rey mío..." Un árbol, el perro, los pájaros, el olor de los bollos o las caminatas de las familias al templo se constituyeron en símbolos de humanidad, en emblemas de la esperanza. Entonces me contentaba con muy poco porque suponía que el secreto de la sabiduría se alojaba en la paciencia de alma, en ese oculto vigor que nos hacer crecer y creer en lo bello. Mi abuelo llamaba a eso aristocracia del pensamiento y a mí me gustaba escuchar sus historias de heroicidad protagonizadas por gente común, santos elegidos por su modestia, hombres y mujeres de escasas palabras que no aspiraban al éxito y que dejaban pasar las banalidades por conseguir la felicidad. San Francisco de Asís encabezaba el desfile de espíritus envidiables que poblaron mi imaginación infantil. Él e Isabel de Hungría participaron de un dramatismo cristiano tan temprano en mi vida que sólo por la piedad que los distinguió vine a entender mi sensibilidad y esa disposición al misticismo que me aísla de los demás, aunque a la vez me enriquezca. Así que la fantasía de Nepal me remontaba a una de las experiencias más hondas de mi religiosidad prematura, salvo que en aquel estado de curiosidad agregaba a la fascinación del budismo el misterio del ardor que aún alimenta mi deseo de hacer cada cosa con la misma indeclinable pasión. Pasión que él definió en el rango de la vitalidad, quizá porque la figura de una mujer inquieta o inestable le era más accesible a su mentalidad entrenada para aceptar el lado menos oscuro y más explicable de la conducta. Comprendí que también le era más fácil considerarme apátrida, desarraigada y hasta confusa ya que, de no hacerlo así, no le quedaba sino aceptar que convivía con un ser en despertar permanente, lo que significa existir con alguien que no se conforma con lo que hay en la superficie, que levanta la piel de los días y penetra mucho más allá de las primeras respuestas que se descubren al paso.

Yo, por mi parte, me acostumbré a acumular hallazgos, unos mejores que otros, en su personalidad estruendosa. Lo evidente fue su sedentarismo, su pronta afabilidad. En su región enmascarada vine a descubrir que, a pesar de las generaciones y los cambios, hay un trasfondo que permanece entre quienes resguardan lo esencial de la patria. Más que vigías, su función consiste en encarnar una personalidad específica que orienta a la sociedad por el buen camino, además de dar forma a lo que los otros desearían expresar respecto de su identidad. Como él, algunos seres absorben los prejuicios y las virtudes de cada cultura y, a cambio de una historia personal, encarnan los méritos generales, el carácter de cuanto reconocen como "propio de su gente". Yo debía entender hasta dónde era él mexicano por los entusiasmos prefabricados, por los modos de ejercer su nacionalidad y por su conocimiento detallado de los sedimentos de una actitud forjada durante generaciones. Pronto, muy pronto me di cuenta de que era uno de los elegidos, un mensajero del pasado, y que parte de su misión para preservar la memoria consistía en dar muestras de su genuina pertenencia a la genealogía territorial. De ahí su asombro frente a quienes, como yo, no manifiestan sensibilidad ninguna por los valores que representan ni se conmueven por la supervivencia del cilindrero o del metate. Mexicano en lo grande y en lo pequeño, efectivamente se leían, en los suyos, los vicios de la patria; y, en sus virtudes, las propias de un pueblo taimado, orgulloso de sus estallidos efímeros y de sus escasas victorias sobre el fracaso. Por la sucesión de proyectos que discurría con brillantez, también corroboré que su capacidad de impulso era muy corta, a pesar de su interés por desentrañar el talento y su afán de coleccionar biografías de personajes disciplinados. Hombre de rutinas practicadas con devoción, entendí mi error de incitarlo a viajar cuando me le quedé mirando una tarde mientras él dormitaba con tal placidez que se le notaban raíces y ramas. "Los árboles están ahí, no se mueven", pensé.

Sólo en la convivencia una se da cuenta de los laberintos que nos habitan. Me gustaba y no estar cerca de él y no faltó el día en que no fantaseara mi liberación y su travesía de conquistas esplendorosas. Así se pasan los meses, se suman por años las horas gastadas en reinventar un destino y entre desvaríos y protestas aparece como un rayo la enfermedad para espetarnos el lado amargo de lo real. En segundos vi todo lo que ignoré. Me vi, lo vi y sobre aquella inconsciencia del que supone eterna la vida cayó la revelación de la temporalidad, el misterio de la existencia. Estaba abrumada, empavorecida, confusa.

Y por la confusión me fui a brindar con Alberto Martín Biñuales a quien desde entonces sólo llamo *Pirrón* porque, médico y todo, no ignoraba que en lo que tocaba a su amigo enfermo, daba lo mismo atestiguar su agonía de cerca que de lejos. Menos mal que viajó especialmente a Madrid para verlo. De paso aprovecharíamos el rato, que no sería largo, para echar un poco de lastre y dejarnos llevar por lo que dictara el instante. Así que caminamos unas veinte calles hasta encontrar un bar que mínimamente le agradara o cuando menos causara el efecto de abatir su insondable apatía. Y como ninguno le gustó nos metimos a cualquiera, como ya imaginaba. Para aflojar las tensiones bebimos unas copas muy lentas y muy platicadas. Así como a él se le sube con cinismo, a mí el alcohol me remonta a la anarquía y de ella a la fábula para rematar con el delirio poético y la búsqueda de lo sagrado. Entre dimes y diretes me fui enterando de que a los intelectuales en México les da por la izquierda y las poses liberales para asentar su conservadurismo domiciliario, y que antes de defender a Cuba y el socialismo con una pasión digna de causas más firmes mi buen marido quiso pelear por la república de Azaña. Confirmé que además de ganarse el apelativo de "el último de los Niños Héroes", le picó la pasión privativa de los mercenarios, deseo que por cierto iba muy bien con su fantasía de cadete de la escuela militar que tampoco cumplió, omisión que vino a complicar su listado de heroicidades frustradas desde edad muy temprana.

—¿Y eso qué importa? Todos arrastramos lastre. La vida es una mierda, ¿no? Ahí donde está él es donde vamos a parar todos. Eso es lo único; lo demás, indigenismo o pura literatura. Lo inaudito es que se viniera a morir aquí... Nada más por eso la va a saltar, para no quedarse fuera de México.

Hablaba *Pirrón* sin que yo lo escuchara. Hablaba de sí, de sus nostalgias, de cuanto arrastraba desde su infancia, de su tiempo y sus frustraciones acumuladas. Otro país se tendía entre su lenguaje y el mío, el país de los inmigrantes, el de los perseguidos por el fascismo, por las dictaduras de siempre. Su México era distinto del mío, inimaginable desde mi mundo por las diferentes memorias que bañaban su rostro y el mío. Se le notaban generaciones atrás, el quehacer de su padre, los libros que leyera su abuelo, las caminatas de algún bisabuelo por entre abedules o cedros dorados, los idiomas que lo arrullaron, las plegarias que acompañaron los días en que su antepasado remoto esperó una mañana de invierno que Dios respondiera a su necesidad de entender su condición de criatura. Hablaba de lo inasequible que es la verdadera naturaleza de cada cosa y de la fuerza de su apariencia. Que por eso se dejaba llevar sin oponer resistencia, por la inutilidad de comprometerse, "¿qué más da?", repetía, y yo lo miraba tratando de comprender su devoción por la medicina, el lado de su alma que lo impulsa a curar, a aliviar los dolores del cuerpo ya que los otros, los del espíritu, son los llamados a perturbar la tranquilidad de la mente. Abominaba de la rutina, del tedio y de los engaños que hay que sortear en un pueblo de máscaras y simulaciones, él, un trapecista que se balancea también sobre la luz y la oscuridad, un médico que se aferra al amor en abstracto para determinar la distancia entre la salud y la enfermedad. Una, dos, tres copas de vino se venían alineando frente a nosotros mientras el airecillo helado que venía de la calle refrescaba la pesadez del ambiente. Encendía uno tras otro sus cigarrillos enormes y yo me asomaba a la puerta de vez en cuando para aspirar bocanadas de viento o nada más para sentir el golpe de vida que deja el otoño sobre la cara cuando se respira con aflicción. Intercalábamos boberías en el recuento de preocupaciones ociosas o reíamos del alarde español, de su vocerío y de los ademanes que los hacen sentir importantes por nada. A ratos se infiltraba una pausa. A ratos se transparentaba el silencio y reinaba la espera bajo el coro de aquella trivialidad de cantina. Él, allá, en su laberinto sin cuento, habitado por sombras y guías tutelares que lo protegían de sí mismo; yo, con la doble visión de un moribundo y la patria, mi desarraigo y la hebra que me anudaba a la maldición de los cactos, consciente de que en la frente llevaba la marca de una derrota que era además desafío, herencia de un pueblo que nada sabe de triunfos sobre el destino ni de proezas dignas de ser cantadas.

—¿De dónde eres tú, Niña? —me preguntó de pronto.

—¿Yo? ¿Te refieres a dónde nací?

—No, siempre he querido saber de dónde eres, de dónde ese ímpetu tuyo, de dónde tu vitalidad y esa mirada que cala hasta el hueso.

—Son las Moiras... El hado.

—Eres libre, y me espantas por eso.

—¿Será?

—Puedes dormir con la patria, casarte inclusive y salir de ese pozo profundo para echarte a correr en los malecones de Barcelona, aquí en El Retiro, en una banqueta cualquiera o en las veredas de Yaxchilán. Te da igual. Siempre la misma: tú y tus fantasías; tú y tus mitos. Tú y el ángel de tus portentos. Al menos descubriste a los dioses. ¿Y por qué no, eh?, si no fuera por un par de pendejadas de las que andamos colgados la vida sería lo que es, un asqueroso aburrimiento. Lo importante para ti, Niña, es correr, sentir que el alma se te mueve desde los pies. Cada uno con su locura, ¿no? Así te imagino: una solitaria en fuga y después quieta, horriblemente quieta y dispuesta a esperar la aurora sin que te perturbe la soledad.

—Tú lo dijiste, es la aurora...

La aurora, el instante del despertar. Sentí el fluir de la luz, los recuerdos no míos ni de mis abuelos, sino de los que me adueñaba al través de cantos remotos, del ir y venir de las voces, de las huellas de arena y de siglos que en las piedras, en pliegos o en patios coreados por el rumor de las fuentes dejaron los moros en Córdoba o en Sevilla. Sentí en cada poro el palpitar de Circe y Calipso, el asombro de Leda en su banquito de piedra y la velocidad que impulsaba a Aquiles a recorrer las llanuras. Sentí la avidez del mundo y el furor del misterio. Sentí la belleza, el ardor y la ansiedad de Olimpia mientras esperaba al amado revestido con el manto del dios; sentí el furor de Safo y de la sibila. Sentí el universo y la levedad de un capullo tardío.

Decidí respirar, hacerme una con los vestigios mediterráneos, construirme un regreso, fundar una historia y una patria con ellos. Sentí que la noche caminaba en redondo, la luna ascendía y que algo muy dentro de mí se ensanchaba, me incitaba a correr, a correr, a sentir la hojarasca y el golpeteo de mis pasos bajo castaños y chopos semidesnudos. Deseaba quitarme el abrigo, la cinta de mis cabellos y el collar de perlas que me igualaba a mi abuela. Deseaba salir en busca de árboles, respirar.

—Es la aurora, sí, un resplandor.

Lentamente me puse en pie. *Pirrón* me dijo que sí, cuánto daría por un resplandor.

Le dejé mi abrigo, la cinta, el collar y ahí comencé a correr, a correr, a correr...

Primero fue un tirón pequeño, apenas un dolor. Vinieron después los mareos, la hemorragia, el susto y el acecho de la muerte. Todo se sumió en oscuridad. Caí en la cuenta de que mis temores se cumplían. La vida tiende trampas que secretamente nos encargamos de sellar. Son estos ardides del pavor que se pretenden racionales y que tarde o temprano cobran su cuota de supuesta originalidad. En esta ocasión, libre de él por única vez, no fui racional. Hasta podía sentirme leve, dueña de una liviandad que me alejaba del piso; ligera, casi libre, con la espontaneidad del corredor que va, se pierde en la cadencia de un paso y de otro, en el oleaje temprano, en el amanecer esperanzador. No que me elevara, sino que las cosas desprendían tanto peso a mi alrededor que me pregunté qué dimensión era ésa que me apaciguaba en medio de la tormenta. Me entregué a mí misma mientras él agonizaba. Una entrega sin tiempo, de esas que sacan de sí para ir y venir con ligereza a las estaciones del sueño, a los rescoldos de la memoria o a las escenas cambiantes del más simple acontecimiento. Lo confieso: pensaba más en mí que en él; después de todo era él quien se moría. Yo me quedaba en un mundo particularmente hostil, con la marca en la frente, su nombre en mi biografía y con la herencia de una vida que ha oscilado entre el patriotismo sin tregua y una pasión exacerbada por los juegos del poder.

En la ambulancia comenzó la travesía de mi imaginación. Verlo tundido por la enfermedad, semiconsciente y con tres cuartas partes del cuerpo tirándolo hacia el sepulcro, me hizo pensar que así como hay afinidades también existen elecciones que no son fáciles de explicar. Por una de esas extrañas fugas de la memoria yo recordaba a Gene Kelly en *Cantando bajo la lluvia*. Sus pasos, la melodía pegajosa, su pasión por bailar cobraban la vida que él dejaba para sumirse en un mundo de sombras. La velocidad me reintegraba al ambiente del cine, al deslizamiento de situaciones que, fundidas en golpes de vida, conciliaban el sueño y la realidad. Por la ventanilla miraba escenas del Madrid nocturno que por un ruido, un gesto o una luz iluminando una estancia simplificaban tramas y personajes que me llevaban a confirmar que la aventura humana es mucho más trágica de lo que sospechamos.

Inmóvil en una camilla no más ancha que sus hombros, él se concentraba en sostener su vigor. Lo supe después, cuando convalecía en medio de una obsesiva lucha por mantenerse lúcido, más lúcido que antes y dispuesto a realizar lo aplazado durante décadas y décadas gastadas en suponer que alguna vez reconstruiría lo nuevo y lo anterior de un proyecto de ser imbricado a tal punto que era casi imposible discernir el lindero donde terminaba la aspiración y comenzaba el recuento. Evocaba a sus padres en el embate matrimonial entre el conservadurismo y las libertades de un México asolado por persecuciones religiosas, asaltos armados, venganzas políticas y dramas familiares tan simples que las infidelidades del padre y sus regustos por la comida parecían casi cómicos frente a las devociones maternas por santa Rita de Casia y el Niño de Atocha. En las noches desgranaban en corrillos de orantes las cuentas de su rosario al pie de un Cristo que resguardaban en casa y con el beso de buenas noches depositaba sus querellas de esposa sufrida al oído del hijo en alerta frente al desamparo de las mujeres que lo rodeaban. Recordaba también episodios triunfales, como la expropiación petrolera, que fraguaron su juventud al calor de los ideales. A cada enfermera reservaba una anécdota sobre milagros y desventuras hospitalarias y alimentaba la simpatía de los médicos con historias inéditas de la España peregrina.

Otra fue para mí la experiencia, aunque igual en intensidad. Él profundizaba su monólogo frente a la muerte y yo exploraba el revés de un espejo del pensamiento donde desfilaban imágenes e impresiones que me reducían a lo esencial de mi ser con él, ante él y sin él hasta rozar la más simple ligadura de mi existencia. Vista desde aquí, en páginas filtradas por la propia censura y escritas años después, parecería empresa inútil ésta de elaborar un mapa o carta de navegar en las aguas de la conducta; pero así como entonces me di a la tarea de recordar y entender, ahora presiento que es ineludible ajustar cuentas con mi conciencia antes de aventurarme en la soledad por venir. No veo otro modo de armonizar mi posición en el mundo ni de recobrar esa especie de canto a la libertad que brota, precisamente, del cumplimiento de las obligaciones sin importar dónde y cómo vivamos, qué estemos haciendo o en cuál espejo reconozcamos las zonas más infernales del ser. Se trata de una libertad funcional porque a la vez que ella misma despierta ante el alma nos dota de poder sobre la realidad y la hace un poco más tolerable, sobre todo cuando hay que emprender el descenso a los orígenes y batallar con los demonios. Yo supe que la ocasión más propicia era ésta por el cúmulo de sueños indicativos de obstáculos que deben ser removidos. Más que otros el de la pantalla de cristal me vino acosando durante años: veía al través, pero no la traspasaba. Durante episodios desesperados tocaba el vidrio en busca de cualquier hendidura, pero éste crecía, se alargaba, iba y venía a campo abierto o me estrechaba en pequeñas habitaciones cerradas. La barrera era también laberinto y llegó a ser agobiante mi necesidad de atravesarla, de vencer la imposibilidad, por ejemplo, de tener que viajar y no poder salir de casa porque algo lo entorpecía: el ventanal, una puerta y otra puerta, corredores, salones, papeles qué recoger, la voz de alguien que lo impedía, una llave de gas abierta en la cocina, enchufes que debía conectar o desconectar. Eran sueños entrecruzados de pesadilla, como tratar de cerrar una valija que nunca acababa de llenar, el deber de guardar, doblar ropa y ordenar documentos en un cajón siempre vacío, enredar un celuloide, leer la página interminable, contestar un teléfono y otro cuando tenía que salir o, lo peor: correr y no llegar, correr y no parar, correr para alcanzar mi vuelo, un ferrocarril, la meta inaccesible. Correr en pos del regreso. Correr por calles que serpenteaban sin esquinas ni finales, por vericuetos que me encerraban en el paisaje de Toledo, en las escaleras de Guanajuato, en las subidas y bajadas de Dubrovnik; correr y no llegar, aunque tuviera a la vista una salida, porque el camino se alargaba, se alargaba...

Cierta idea de infinitud, una urgencia por cumplir lo irrealizable se infiltran en el tumultuario universo de mis noches. Tal mi pesadilla: tener la meta a la distancia de un paso y no alcanzarla. Estirar la mano y no tocar lo que, de tan cercano, está al alcance. Encadenarse a la repetición. Subir y caer para volver a subir, como sucesor de Sísifo inmortal. Llamar al amado, ofrendarlo en el pensamiento, buscarlo aquí, en la memoria abierta, en la hebra alargada de su voz, en las frases inconclusas, en el abrazo interrumpido. Caer, caer en el vacío sin fondo y descubrir que allí concurren el dragón de agua y la fuerza extraña del oleaje para agitar los saldos de sueños incumplidos. El desajuste entre la extensión que debo vencer y la inutilidad de mi esfuerzo me crea un conflicto angustiante, similar al de la ola que crece y se eleva hasta abarcar una ciudad entera. La ola incontrolable, poderosa y fiel a su tentación devoradora. La ola de mis madrugadas más oscuras, la que me ha seguido como organismo vivo por todos los rincones, la ola amenazante, portadora del poder supremo, del terror inexorable, del infierno que se mira en sus detalles. Ola recurrente todavía, la que me enseñó a convivir con el peligro, a aceptar que si no puedo evitarla, al menos debo bucear en sus misterios con herramientas expeditas.

Por esto y lo demás, por cuanto se mantiene desusado en el desván de la memoria, las cuentas no podían quedarse en el coto del silencio. Yo debía conquistar mi propia autonomía y abandonar la envoltura; ya no quería permanecer a la sombra de la patria. Afrontar la luz, la suprema exposición, acaso pueda aún salvarme del tormento de saberme esclava, rehén de una condena que acepté pasivamente tal vez porque hasta hoy sentí el furor, hasta hoy el vigor que anuda a los amantes inclusive a la distancia, la necesidad de despertar y proseguir el nacimiento ineludible de aquella que dejé en el limbo para engendrar ahí su sentimiento trágico. Darme a ver tal vez me enseñe a ver yo misma, a asirme a la palabra que nombre lo que arrastro de tan lejos, que me permita deletrear el abismo infernal donde yazco aprisionada o siquiera el darme a ver me represente más acá de un sueño primordial, el del signo que me ata a un destino contra el que debo rebelarme y por el que también pudiera renacer. Veo las olas en sus lechos primitivos y en lo alto una alondra que asciende rápidamente; la veo al dejarse caer con brusquedad en los pasajes sucesivos del cielo y de la tierra. En su canto finco el gozo de un amanecer imperturbable y en su vuelo sobre el agua tiendo un soplo de esperanza que me llevará a regenerar mi sueño. Veo la alondra y en cierta forma también me reconozco. Veo la alondra y la envergadura de mis alas.

No he de consumirme en una inmolación absurda. Para mí no existen más los tiempos en que las vidas se secaban frente a la complacencia de los necios. No más hombres y mujeres condenados a sufrir la voluntad de otro, generalmente aborrecido, aunque vea a mi alrededor un desfile de existencias quebrantadas y a pesar de que por sexenios el país se resquebraje como si obedeciera a una misteriosa maldición que nadie atina a conjurar. No más padecimiento por desatar el nudo del error del padre, por amaridarse con la historia o por llevar la culpa a cuestas como una sombra de todos los seres doblegados. "No más", me dije un día, pero seguí y seguí durante años hasta sentir que por amor la gente aprende a liberarse de los yugos y por amor desciende a los pozos del más mortificante vasallaje. Por amor se alcanza la virtud y por amor nos consumimos.

Y en cierta tarde de un día que parecía semejante a todos los demás miré una buganvilla a trasluz y bajo lluvia y supe que el que respiraba junto a mí era el portador de una independencia anticipada. Sentí el amor y me llené de él hasta fundirme. Supe que era él, el esperado, el más amado, la mitad que me completa, el que dibujaba en mi reunión de olvidos. Lo abracé y sentí que el mundo se aclaraba. Me abrazó y creí posible el salto a las decisiones confinadas. Pasaron las semanas y los meses. Se enredaron sus temores, dudas infundadas y su cadena de torpezas, las voces, los reclamos y los errores no resueltos que complican algo que supusimos intenso y diferente. Por él me aventuré en el desamor. Por él caí en otro abismo inexplorado. Por él reconocí mi confianza en los milagros. Al corroborar que las historias y las fatalidades se repiten, confirmé la urgencia de deshacerme de cargas indeseadas. Entonces me adentré en el abandono, exploré el infierno, me azoré y cuando en el descenso descubrí que así como el espíritu se moja o se desprende a discreción de su hálito vital también los huesos transitan por el polvo y todo se desliza en una profunda oscuridad. Reconocí el momento de las decisiones radicales, a pesar de deambular con el cuerpo asido al inframundo. Fue el instante, uno solo, de aceptar que no hay milagros ni metamorfosis prodigiosas. Fue la hora de aceptar que no soy heroína ni acreedora de designios. No son más los tiempos privilegiados por los dioses. Tampoco hay amantes prodigiosos, sino Ulises de retorno a Ítaca en pos de la costumbre. Hay hombres anudados a sus fobias, a sus miedos ancestrales, a sus vasallajes más odiados. Fue el instante en que mirar de golpe lo real equivale a endurecer las partes que reblandece la tristeza y de transformar el desaliento en lanza dirigida contra los fantasmas que entorpecen lo posible para que una viva bien con lo que hay, como se pueda.

Así sucede a veces: tenemos que sufrir y sopesar las pérdidas para medir los eslabones que nos atan. Era la ocasión de romper las ataduras, de siquiera mencionar lo que ni a solas me atrevía a reconocer, menos todavía a exhibir en la memoria, para emprender otro capítulo del alma. Llegó la hora de la voz y de la búsqueda de nombres para deletrear una verdad profundamente lastimosa. Además, de tiempo en tiempo hay que tirar el lastre, purificar recuerdos, disponernos a lo nuevo sin estorbos rencorosos. Hay que voltear la página, dejar súbitamente aquella noche que ensombrece el alma, abandonar sombras que contaminan la conciencia y comenzar otro episodio con una suerte de pasión inclinada a lo inefable, a lo que nos impulsa, si no a emprender grandes hazañas porque se acabaron los tiempos de los héroes, al menos a renunciar al tedio a modo de mínimo homenaje a la poesía y la belleza. Tiempo de dejar lo que no tiene regreso y de aceptar, de una vez por todas, que la vida es una trayectoria en pos del Verbo.

Solía decirme que me ahogaba igual que las figuras trágicas, que no absorbía mi tiempo ni me adaptaba a los usos de mi tierra. A eso me condujo una vida entregada al cine y las lecturas, a vivir en planos y escenarios diferentes mientras él surcaba una sola vía sin soltar el cordón de su pasado, firme siempre, indeclinable en lo que llamaba sus principios. Lo que pasaba entre los dos acaso fuera tan común que por repetirse hasta el cansancio acabó por parecer distinto: un poder que se dilata en la ilusión domiciliaria, el poder a costa de una intensidad que se transmutó en una larga sucesión de hábitos. Eso sin contar lo otro, que también pesó, porque a querer o no el pasaje de décadas y edades que se ensanchaba entre nosotros estaba saturado de fantasmas, los suyos propios y los de sus dependientes económicos, más los de mi inspiración en pos de soplos de creatividad que me dejaban suelta, vagando por mi cuenta y riesgo en cierto extrañamiento. Existía además un peculiar desacuerdo entre nosotros que no ayudaba a atemperar contradicciones: aferrado a su fijación patriótica, él llamaba historia a lo que yo política y los demás gobierno y en ese corredor de cuentos y palabras huecas se diluyó una identidad que levemente se gestaba entre la fábula resguardada por el miedo y la aspiración indeclinable de no ceder al determinismo de mi raza, jamás rendirme ni aceptar los vericuetos de un destino al que irresponsablemente fui cediendo como si no tuviera más salida que volverme sombra para sobrevivir en esta tierra de siervos y cobardes.

Hasta ahora me doy cuenta de que en lo pequeño e intangible comienza una derrota. El vencido no se declara en la última rendición, sino en la primera cobardía. Al igual que ocurre en relación con las mentiras, en las cuestiones de dignidad también se envilece el sueño por la cadena de concesiones que, sólo por defendernos, consideramos insignificantes hasta que surge la astilla que rasga los velos que encubren el verdadero rostro. Yo amanecí una mañana sin ánimo de cuestionarme. Era uno de esos días que no se dejan notar y emprendí mi rutina sin la sospecha de que ocho horas después estaría sumida en un movimiento interno que casi me arroja a la tumba. Al anudarme los tenis para iniciar mi carrera me quedé contemplando el amanecer con una suave felicidad que me hizo pensar que no requería nada más que un poco de luz para colmar un estado de plenitud. Intercalé caminatas en mi carrera y aun me detuve a rozar el tronco de dos o tres oyameles en el valle de los Encinos, que lejos de honrar su nombre con abundancia de tal especie más bien presenta el aspecto de un sembradío arbitrario de árboles, cactos y arbustos que, de tan contrario al clima y al escaso nivel de humedad de la zona, parece un prodigio de la naturaleza. Al regresar leí los periódicos y sin prisa ninguna bromeamos a propósito de un idealista con indudable autoestima, porque se declaró en huelga de hambre en una estación del metro después de que tal o cual editor se negara a publicar su maravillosa novela. Inclusive sentí placentera el agua de la regadera y me entregué a los deleites incitados por los aromas y la temperatura elevada del cuerpo. Me cepillé los cabellos durante varios minutos y en medio de juegos sobre las virtudes afrodisiacas de ciertos perfumes elegí el de jazmines y rosas cultivadas de Egipto para impresionar al amigo que llegaba de Francia con noticias de algunos descubrimientos recientes de lápidas griegas. Como siempre, celebré la delicadeza de mi ropa interior y de paso pensé que en un cuerpo atlético las prendas se abrochan solas. De ser fea no soy fea; pero al deslizar el vestido por la cabeza miré a alguien en el espejo que me era completamente desconocida. Extrañada frente al reflejo de una mujer ajena, me quedé literalmente colgada a las mangas mientras me acercaba a observar más de cerca la cara espantosa que ocupaba mi talle. Me atravesó el rayo. Era y no era la misma. Comencé a trasudar, empavorecida. Despojada completamente de identidad, me di cuenta de que mis movimientos se entorpecían y así me quedé, suspendida en un limbo e inmóvil bajo la tela, observando la disolución de mi conciencia de ser hasta que él vino a pararse a mi lado para decirme que ya me esperaban con el desayuno servido. En su gesto medí la gravedad de tan atroz experiencia, porque además perdí el habla y me temblaron las piernas. Me ayudó a recostarme y diagnosticó hipoglucemia porque no tengo medida: abuso de mi pasión por correr, como demasiadas yerbas y frutas, trabajo en exceso, camino desnuda desde temprano sin cerrar las ventanas, me preocupo por todo, duermo mal, sueño mucho, fantaseo personajes y destinos maravillosos, quiero abarcar el mundo y aventurarme en todo. No se explica cómo resisto ni de dónde proviene mi fuego interior. Antes no he sufrido un infarto. ¡Mira nada más! Tú nunca te enfermas. Por Dios de los cielos, alíviate, ¿qué haría sin ti...?

Nada mejoraba mi decaimiento. Probé azúcar, respiré en la bombilla de oxígeno y me dejé refregar con docilidad con una botella de alcohol: debí de estar muy mal para no protestar por el cúmulo de brebajes que en vano me hacían ingerir a distintas temperaturas. Desesperado, él pasaba su mano por mis cabellos y reacomodaba las mantas para evitar enfriamientos. Pasada una hora llamaron al médico porque continuaba sumida en un vértigo que me alejaba del mundo y me apartaba de las reacciones más familiares. Mi corazón latía tan lenta y ruidosamente, que su golpeteo rezumbaba como un par de tambores que tocaban a duelo. Allá lejos, entre los rincones de la inconsciencia, aparecía el hilo que me enlazaba a la figura de un papalote que subía y bajaba en remecimiento tan placentero que supuse que me jalaba hacia el firmamento.

Del efecto físico me repuse al atardecer, no así de las consecuencias del extrañamiento, que suscitó una larga reacción en cadena a partir de una duda imborrable sobre el sentido de ser y la identidad. Nada sería igual a partir de entonces. Exploré sin temor la melancolía y sólo un nombre clavado en el alma me vinculaba con la vida.

Naturalmente que juntos construimos espacios de complicidad y de regustos secretos, pero jamás se desvió el eje del patriotismo que regulaba nuestras vidas. Uno era el tema sagrado: el nacionalismo a ultranza; lo demás era admitido a condición de que no lo obligara a declinar el espíritu batallador, distintivo de su carácter, ni rehusar los imperativos de dos o tres obsesiones que limitaban su disposición ocasional a la tolerancia; uno de esos temas subsidiarios fue la bibliomanía, que nos obligó a extender anaqueles hasta la cocina y los baños, sin descontar el cubo de la escalera ni la parte superior de las puertas. Desde ahí nos aventuramos en un laberinto que no ofrecía término, sino parteaguas, dilemas, incógnitas y sus imprescindibles combates. Si me dejaba llevar por los repliegues del habla y frente a él cerraba los ojos para mejor escuchar el recelo en las voces, él desconfiaba. Hoy sé que con estos recursos daba sentido al padecer de la vida y jugaba también a reconstruirla o al menos a consagrarla mediante procedimientos políticos.

Jamás compartí su sensación de orfandad ni lo seguí en sus erupciones telúricas. De ahí su temor sobrehumano a sufrir cualquier forma del desamparo, a quebrantar las ligas con sus iguales, a vulnerar su raíz o a trastocar la esencia que lo protegía frente a otras figuras de soledad, siempre inaccesibles al mexicano, siempre extranjeras. Ésta era la causa por la que nunca atinaba con la vertiente correcta para igualarme en público o a solas con él y a dialogar sin recovecos perturbadores: él aportaba el juicio final, la aclaración, el nombre que debe aceptarse; yo, el elemento más crítico, la inconformidad consecuente con esa actitud que transgrede el coto político, único donde —país de analfabetos después de todo— resiste las discrepancias, aunque éstas provengan de fuentes femeninas. Hija de mi raza, intervenir en ciertos asuntos era tanto como atentar contra la masculinidad o contra la jefatura espiritual del tribuno: la palabra, ya se sabe, no es recurso de mujeres, sí el palabrerío, el que distrae con ruido el acto del pensar. No se espera de nosotras juicio alguno, sino el eco inofensivo del saber de todos o más bien de la ausencia compartida del saber. Y yo desconcertaba a mi pesar. Antes de salir me proponía el silencio. Planeaba reuniones como observadora participante y me juraba en el baño no interpelar a nadie durante las conversaciones sociales. Él, desde luego, no conducía el automóvil. Tampoco era apto con aparatos eléctricos ni se preciaba de conocer cualquier instrumento. Así que los caminos en coche le servían para reconvenirme o para anticipar los temperamentos políticos que marcarían el tono de los encuentros. Casi nunca tuvimos sorpresas ingratas porque las formas de nuestra burocracia, basadas en una profunda experiencia de desacuerdos, eligen bajo consulta a los convidados. Gracias a las argucias de las esposas, se sobrellevan los tedios a condición de no vulnerar las normas. Ellas, desde luego, no hablan en público o si lo hacen saben que no les está permitido extralimitarse en sus opiniones ni atreverse a decir nada que no sean lugares comunes. Inclusive entre ellas compiten secretamente por refinar sus deberes de "esposa de funcionario". Son cordialmente ásperas, impecablemente vestidas, listas para ejercer este modelo de discreción marginada del interés personal, pero sin descuidarse con abstracciones ociosas. Compran bueno y barato. Influyen en la vestimenta de sus maridos y consultan su horóscopo. Desde luego cuidan su aspecto y practican gimnasia. Son obsesivas del hermetismo y del culto a la imagen de femineidad sin problemas. Las independientes, en cambio, persiguen la intelectualidad neutral, mejor si está relacionada con las instituciones para no separarse de los cánones establecidos por los optimistas de oficio. Comparten la idea de que todo va bien a su alrededor e insisten en que las críticas "deben ser constructivas". Pero las cenas se hacían irritantes, a pesar de lo esmerado de los platillos, con todo y los cuidados con los que las mujeres pretendían demostrar la importancia de sus esposos y a pesar de que de vez en cuando el destino nos otorgaba la recompensa de alguna inteligencia furtiva, menos atada a las apariencias o a los convencionalismos tribales.

Hay que agradecer que, al menos en el México de vuelos, ya no son tan frecuentes las disputas conyugales en público; sin embargo, ocurren de vez en cuando estallidos entre las más frustradas y, de no llegar a las manos, estas escenas ofrecen recursos de purificación esperanzadores. Apoteósica y vasta, como su cuerpo adiposo, cuando celebrábamos entre amigos una distinción académica en un restaurante de lujo, una rubia de bríos lanzó platos recién servidos a la cara de un funcionario de quien se decía que sería presidente. Yo estaba a su lado, con los ojos abiertos y el asombro dispuesto a escuchar la hondura hasta entonces velada de sus indiscretos reclamos. No supe cómo empezó el conflicto porque los demás comentábamos veleidades mientras ella afilaba su lengua susurrándole insultos a su marido, hecho que incorporó a un tercer insultado, con quien se desató lo fundamental del problema. Que era un corrupto, gritaba con ostensible histeria, mirando a los ojos del que por fortuna no fue presidente, y los demás cómplices de sus orgías con animales, homosexuales y niñas. Él, olvidado de las buenas maneras y de lo que entre nosotros se llama resistencia política, a media voz y desde la orilla manchada de su asiento, le dijo con rabia: "Puta, ramera, recién llegada, nadie sabría de ti de no ser por la debilidad del hombre con quien te acuestas." Todos mirábamos sin ver y oíamos sin darnos por enterados, aunque esquivando los proyectiles para no ensuciarnos, a pesar de que a esas alturas en cada uno estaba la huella menor o mayor de los arrebatos de la señora. Que era pintora y libre, abundaba; una artista que hacía lo que le daba la gana y nosotros unos hipócritas, encubridores de la porquería mexicana, mediocres y sin remedio. Yo, divertida, comencé a observarla sin parpadear. Así que de refilón también arremetió contra mí porque me burlo de todo, no me doy cuenta de mi escapismo, a nada le doy importancia; pero ella ya sabe que mis fantasías son la puerta para evadirme y si me creo talentosa pobre de mí, yo no sé nada de cómo se sufre cuando en este medio de mierda se nace con algo más que paja en el seso. Mi buen esposo mediaba en vano; los demás levantaban los ojos pidiendo al cielo el don de la ubicuidad y, más espantado que condescendiente, su cónyuge la llamaba "madre" en tono de rogativa para bajarle la furia. Por aquí y por allá, sin perder una cautelosa distancia, los meseros atajaban pedacerías de pescado, zanahorias glaseadas, filetes a la pimienta, salmón ahumado y algo más bien caldoso que se anunciaba con salsa de *curry,* almendras tostadas y coco rayado. "Madre, cálmate, ¿no ves que estamos tan contentos con los muchachos?" Y madre tenía para todos: para el científico enmudecido en el extremo derecho, porque nadie ignoraba su cobardía; el galardonado, un oportunista que jamás se comprometía. Más acá recayó una acusación de fraude por medio de informes privilegiados durante la nacionalización de los bancos y al final remató con la mentira de los amigos ausentes que se aprovechaban de la inteligencia de su virtual marido. "Por Dios, madre, ¿para qué todo esto? Mira nada más qué tiradero... El mantel en el suelo, los platos... todos nos miran. ¿No ves que aquí nos conocen?" Inútil conciliador, el hombre sumió su vergüenza enfundándose en una gabardina beige y prefirió evadirse por la terraza con la excusa de que, con el intercambio de voces, manotazos y golpes, le sobrevino una urgencia terrible de perderse en el cuarto de baño. "¡No te vayas, maricón. Aquí das la cara o no me vuelves a ver...!"

—Pero, madre, cuánta mortificación... Los muchachos están celebrando...

—Claro, eso es lo que te importa: el qué dirán. Yo me voy. Si no sales conmigo, hasta aquí llegamos. Ya bastante he aguantado por nada.

Tiempo tuvo el pobre hombre de acercarse a lo que quedaba de mesa para disculparse por tanta contrariedad, según dijo.

—Compréndanla muchachos: es la envidia del infecundo. Ya se le pasará. Ya la conocen: es una buena persona, pero algo temperamental. Yo los llamo mañana...

Ellos se fueron en medio de gran estruendo y el estupor en la cauda. El resto cambiamos de comanda y de sitio sin dejar de sentir el silencio de los demás comensales. Nadie olvidó el percance. Nunca más nos reunimos los mismos ni se borró la herida de los insultos fortuitos. Algo muy grave se rompió aquella noche. Hablamos poco de aquello, pero sabemos que la rubia adiposa no estuvo tan desencaminada en sus agresiones ni era tan tonta para no darse cuenta de que a la mesa campeaban algunos infiernos: sólo una, de las seis parejas presentes, continúa el matrimonio, aunque él camina con la señal de su vasallaje en la frente y una insatisfacción tan profunda que destila amargura cuando, sólo por saludarlo y decir cualquier cosa, alguien pregunta cómo se encuentra. Sin excepción, aquellos políticos prósperos y desde la cima de un indudable poder cayeron en inusual desgracia. Se descompusieron sus vidas públicas y privadas; ahora son desempleados pasivos y, no obstante su edad, alimentan su resignado letargo con la esperanza de que tarde o temprano "los volverán a llamar". Hasta parece que los allí congregados hubiéramos sido víctimas de una peculiar maldición, porque si a unos tocó el escándalo público, el descrédito individual y la ruina de sus carreras políticas, a otros la muerte, la tristeza, la ruina o la enfermedad. Ella, en cambio, florece. Inventa viajes, proyectos artísticos, negocios y exposiciones ruidosas. Cambia de casa con regularidad, organiza fiestas con extranjeros y ya no pinta; pero discurre esculturas monumentales y proyectos de vida que la mantienen jovial y despierta mientras que el hombre de las conciliaciones inútiles exhibe una senectud lamentable.

¿Por qué recordar en la orilla de su agonía? Me pregunto si en verdad existen planos de la memoria y escalones de la conciencia que se remueven en situaciones límite. Pensar la propia vida frente al dolor del cónyuge es un acto egoísta. Tendemos a disculparnos, a exagerar la paja en el ojo ajeno, a condolernos para incrementar la posibilidad del futuro frente a la muerte. Eludíamos los dos las situaciones incómodas, pero ninguno escapaba al influjo de las revelaciones nocturnas. Y es que algo tiene la noche que lejos de ensombrecer ilumina los horrores del alma. Lo peor se resiente cuando al insomnio se aúna la preocupación por la patria, en especial durante la brecha electiva del sucesor a la Presidencia o en el recuento nefasto de los legados que merman cada sexenio la paciencia y las esperanzas del pueblo. Antes de aventurarse a la cirugía, él pedía tiempo al cielo, otra oportunidad acaso para cumplir lo que aplazó por más de siete décadas de pensarse de un modo y reconocerse de otro a la hora que llama a cuentas la muerte. De todo, esta aflicción de sí mismo me estremeció al grado de desatar mi propia crisis existencial. Imagino que a todos reserva el destino la ocasión de mirar un reflejo cabal de lo que somos frente al que alguna vez pretendimos ser. La distancia entre los dos cala tan hondo que hay quienes cambian radicalmente su estilo de ser después de sufrir una experiencia así. Pocos, muy pocos de los que se sitúan en la orilla parecen contentos con su íntima biografía. En su gesto se lee la insatisfacción no por lo hecho, sino por el recuento de aplazamientos, por el incumplimiento de uno o dos sueños, por la secreta traición que llegó a cometer contra sí mismo en una decisión radical, porque en la encrucijada del deseo y la conveniencia el temor o la cobardía inclina la voluntad al error. Él dejó traslucir esta lucha interior en relación con dos o tres acosos psicoanalíticos que yo sospechaba de tiempo atrás; uno era el de las desviaciones tempranas del hombre de acción en favor del consejero áulico y otro, más complejo, el de los amores y desamores que por no eludir o aceptar en su exacta oportunidad, siempre determinado en función de falsos alegatos sobre el deber familiar, lo condujo al sendero de las rectificaciones tardías, en cuya cima aparecí yo, con todas las consecuencias que acarrean los destiempos. Hasta le reconocí visos de religiosidad que tenía adormecidos y devociones hasta entonces inmencionadas. A ratos evocaba uno de sus últimos diálogos con el hombre clave del gabinete y cuando no era presa del pánico se me quedaba mirando en silencio con una extraña ternura, como si leyera en mi incertidumbre el compendio de sombras que oscurecían nuestra historia. Luego, como en delirio febril, iban y venían por su mente palabras sueltas, imágenes de la turbulencia mexicana y el listado de plagas que caían en el mundo: "Y yo tan lejos de la vida... Lluvias torrenciales, hambrunas en África, guerras civiles, explosiones en las torres petroleras, huracanes... ¡Mi pobre México! Tan resistente a pesar de todo..."

Por una de esas casualidades extrañas, me encontraba leyendo a Ciorán cuando nos sobrevino el percance. Por la mañana, al descender del avión, le comenté que este administrador de oscuridades mojaba su pluma en las tinieblas para escribir cuanto tenía qué ver con la vergüenza de ser hombre. "Ese maldito yo", al que se refería en no sé cuál lectura, estaba en mí como una de tantas paradojas que lo llevan a escribir sus aforismos y navegaba en los corredores de hospital en medio de una inmadurez o sinrazón moral que yo asociaba con la camilla. En parte comprendí su función de pensador de circunstancia, pues la humanidad no estaba ni está todavía para atinar con un difusor del entusiasmo. Frente a mí miraba un túnel colmado de figuras, en cuyo fondo olía la muerte. Veníamos a Madrid a completar pendientes, a rehacer el saldo de los placeres y no encontramos más que un atroz sacudimiento. Pasadas la primera y la segunda cirugías la mente ya no se ocupaba en entender, sino en sortear los vuelcos de una realidad que nos rebasaba. No hice más que distraerme en pedir misericordia, a falta tal vez de algo concreto para orientar mi porvenir. Y mientras él iba explorando las fases del pánico a dormir porque temía no poder despertar, yo caía en una especie de furor psicoanalítico quizá como defensa ante el anuncio de que, vivo o muerto, todo cambiaría, como cambió en realidad, para disponerme tal vez al esperado renacimiento interior. A partir de esta primera caída, comenzó la sucesión de desgastes. Comprendí que no era su vejez, sino la cauda de patria que brotaba de sus heridas la que se interponía en nuestras vidas. Por sumar quirófanos a la hipocondría, exigencias desmesuradas a la más simple convalecencia y modalidades públicas y privadas a su viejo autoritarismo, las cosas nos orillaron a asumir posiciones tan defensivas que con dificultad comprendo cómo tomó cada uno el curso menos imaginado cuando, años después, resultaron inconciliables nuestros lenguajes y las aspiraciones que en vano pretendimos recíprocas.

Nunca conciliamos nuestras respectivas ideas de libertad y a pesar de eso establecimos rutas de dependencia tan cerradas que salir de él, huir o rebelarme me exponía a la mayor indefensión, al encuentro con el vacío y, desde luego, al infortunio del despatriado. Cuando creía salir de un atolladero descubría otro, y otro corredor en un carácter nada común, dotado con claves inusitadas para entender su actuación. Se trata de un sistema de ser tan intrincado que para liberar esclaviza, premia para sancionar al revés y en lugar de mostrarse se oculta para hacerse sentir con toda su fuerza. Estas torceduras no se describen con facilidad: hay que sentirlas piel adentro, crecer con ellas, padecerlas y, para algunos privilegiados, descifrarlas en el culebreo misterioso de la sierpe fundadora de la tribu. Así que, para sobrevivir junto a él y en el medio, uno era el camino: amaridarse con la patria y sumarse al tronco común de lo prohibido y lo permitido, florecer en el campo abonado por recuerdos que los demás compartían y reservar a las fábulas aquellas dudas, figuras, imágenes y aspiraciones que ha eludido nuestra literatura y la inexistente filosofía en nuestra tierra. Hiciera lo que hiciera, a pesar de las que creí rebeliones trascendentales, llegó el momento en que tuve que aceptar que si mi realidad me determinaba a la condición del rehén, entonces elegiría al amo y ser útil a los demás en un acto supremo de voluntad. No quise para mí una de esas capitulaciones odiosas que conducen a otras mujeres a una infértil tristeza. A la pregunta de por qué extremaba hasta lo insólito mis viejas ligas con él y con la patria, contesté que por congruencia con mi soledad esencial.

Acaso sea prematuro afirmarlo, pero sospecho que no estuve desencaminada al dejar atrás tantos demonios. Como Antígona, yo también deseaba salvarme del desasosiego por la palabra, desprenderme de aquella condena en la acción pura y despertar a otra lucidez, otra vía de libertad que me preserve de entrar viva a la sepultura asignada por mis tiranos históricos. Si alguna respuesta aclaré fue precisamente la del porqué somos un pueblo de sobrevivientes taimados, agachados en vez de creadores, esquivos y temerosos en vez de apasionados de la claridad sin importar el riesgo: en las alcobas está la clave de una mentira que paraliza las plumas, tuerce las intenciones por nobles que sean y evade la representación de una verdad que a nadie interesa revelar ni conocer. Allí se resienten las briznas de la piel mancillada, se respiran cenizas jamás barridas, progresa la carcoma en los huesos y se consumen las vidas coreadas por dramas encadenados a generaciones entregadas a la violencia y a la tentación secular del error.

Los que me conocieron tal vez lleguen a olvidar el episodio que por horas, minutos o meses les pareció escandaloso. Inclusive dirán que fue exagerada mi acción, próxima al sacrificio, y yo misma me consumiré en el ser que eligió un alborear diferente para no repetir la esclavitud ancestral. En medio tan dominante, cabe preguntarse si lo que somos guarda alguna fidelidad al destino propio o, paso a paso, desde la gestación, nos moldea el barro de la falsedad. Así como se suman los matrimonios de la indiferencia o de la abyección, una tras otra se suceden cofradías de complicidades, las pirámides de recubrimientos y las alianzas de la bajeza mientras que el hombre se disipa tras multitud de evidencias de desaliento. Algo resuena a hueco en el clamor de nuestra religiosidad despojada de credo y golpea la espera infecunda de un pueblo que atiende pasivamente en pos de un milagro.

El milagro... ese porvenir imposible del orden guadalupano, nostalgia de dioses propios, ritual sin templo y existencia insultada que nos lleva a respirar la desgracia con la misma fatalidad que empeñaron en sus ceremonias nuestros antepasados remotos. Duele sin embargo la patria por su crueldad, por su indefensión, porque lleva el enemigo en la entraña, como a él le ocurría durante sus ciclos coléricos. Y lo peor es ir pasando de tal modo los días y los siglos, de espaldas a cualquier sueño de perfección, sin sabiduría ni afán de aventura. Lo recuerdo a él y se me viene encima lo otro, un magma de palabras insulsas que se formaban y se volvían a formar bajo el enunciado de compromisos que nunca se transformaron en hechos, como le ocurría también a la izquierda cuando pregonaba paraísos inaccesibles y después, en el escenario de su derrumbe, quedara tan desarticulada y sin esqueleto que en su enredo final se perturbaron sus ideales igual que las nubes a la caída del sol.

Parpadeo, abro otra vez los ojos; pero la fealdad de nuestras ciudades me hiere, rasga mi alma, lastima mi espíritu. Es el cúmulo de descomposición que me rodeó desde la cuna y alimentó mi rebeldía. Es el miedo a transformarse, a arriesgarse, a buscar, a construir y reconstruirse con hambre de armonía, con necesidad de respirar aire fresco. Es la memoria iluminada por el despertar y el apetito de goces. Es urgencia de fe, cansancio de participar en la medianía, avidez de comprender lo que pasa y de sumirme de una vez para siempre en las regiones del sueño donde el destino cobra el sentido de inmensidad que le corresponde y lo imposible se acomoda al movimiento natural del fuego, al nacimiento de un volcán o al ritmo insondable de las alianzas sobrenaturales, al surgimiento de los profetas y al reconocimiento de lo que es trascendente y valioso por sí mismo.

Acaso él tuviera razón en que mi fervor por lo sagrado me ha llevado a reverenciar la vaguedad y que mi anarquía me conduce por la ruta de la piedad y del misticismo a una desesperación por el sufrimiento del mundo. Yo creo que en su caso era una limitante de su capacidad de placer su ciega adoración de los santuarios de una patria imaginaria, aunque tal vez allí encontrara el terreno más sólido para afirmar su vida ya que otros, los del amor y la cotidianidad, los pequeños círculos de la pasión que impulsan a los equilibristas, le resultaron demasiado arriesgados desde una edad muy temprana. Para ciertos temperamentos es preferible la fidelidad vitalicia a una obsesión que el riesgo de los deslumbramientos. Por eso le incomodaban autores como Borges o la Yourcenar, porque desde su alfabeto más íntimo se asombraban ante los juegos del azar que él abominaba y en su escritura examinaban los recovecos del alma o la sensación de eternidad que él sólo concebía en los terrenos teológicos de su cristianismo colonizado por las abuelas.

Llegó a pregonar virtudes jamás declaradas de una supuesta patria espiritual del idioma, pero no me dejó notar formas de luz para iluminar su palabra. Lo más irónico es que el abismo que nos apartaba ofrecía también las orillas para tender el puente que nos ataba, desvaneciéndonos.

Él estaba frente a mí, debatiéndose entre la vida y la muerte, aferrado a los tubos, al sol inmemorial, al calendario de los vencidos y yo divagaba sobre los amoríos estremecedores de Circe y Odiseo. Pensaba en Antígona, en los símbolos perdurables de esas conciencias morales que no necesitan discernir ni valorar porque todo lo que pudiera declararse o enjuiciarse queda consumido en la gravedad de su acción. Jadeaba desconsolado, retumbaba su historia en la camilla que empujaba el personal de cirugía y yo me pensaba Antígona predestinada al dolor, protagonista de un destino fatídico que sólo podían mitigar la bondad filial y su devoción por la luz. Antígona abnegada no obstante su poder interior, testigo misericordioso del hombre que, desesperado por el peso de una sanción determinada, se arranca los ojos para no ver su realidad. Compañera, guía del padre ciego durante su peregrinaje trágico, lo acompaña en su calvario hasta Samos donde, reconciliado con su alma y sumiso por fin ante la fuerza superior del destino, muere sosegado al comprender que hay poderes que inclusive están por sobre el poder de los dioses. Antígona expiatoria de los horrores de Edipo y de Yocasta, consuma también su horror para vivificarse, para desanudar la tragedia, para purificarse. Heroica mujer que se atrevió a imponer su voluntad sobre las Moiras al situarse en el punto en el que vida y muerte se conjugan. Antígona silente, dura como la roca que hizo remover en Tebas para cavar su tumba antes de ahorcarse para así desafiar la determinación del tirano. Lúcida luz, hundida ahí, bajo la tierra del sacrificio, se mantuvo firme ante la adversidad y completó hasta el final su función de guía de una lucidez que más y más traslucía su emoción cuanto mayor era la conciencia de la propia ceguera. Y no sólo la de su padre, sino la de quienes tampoco pudieron mirar el error ni la cadena de fatalidades que se deriva de los tránsitos imparables de la inocencia a la culpabilidad, de la inmolación al castigo o de la justicia a la más abyecta crueldad. Amorosa, limpiaba de sangre y llanto las cuencas tibias de un Edipo desesperado que, sin darse cuenta de su furor, apretaba en sus manos enrojecidas los ojos recién arrancados en un acto de sacrificio. Vieja tierra desgastada, barro necio, su fe petrificada era el vilo y su resistencia a la muerte garantía de que su universo no se extinguiría como tampoco se extinguieron la tozudez, el sufrimiento ni los llantos que lloran al fuego.

Por Antígona comprendí que cuando los hilos de la historia se anudan surgen los sueños sacrificiales. Así, en lo grande y en lo pequeño, las personas y las culturas se reconstruyen con actos de inmolación. Después, elevados a símbolo, regresan al cauce de la historia para que los otros recuerden sobre qué sedimentos descansa el padecer de su infierno o de dónde provienen las enseñanzas liberadoras. De tiempo atrás, antes de Yocasta y de Tebas, antes de que Edipo encarara la sanción del destino en la encrucijada y aun antes de que profetas o magos supieran que un oscuro germen de un sueño despertaría una vez y otra vez en la conciencia del ser, existía ese sueño completo en alguna región de la noche aunque no fuera visible a ojos humanos. Tal la potencia que arrastraba a Edipo a su doble crimen, tal la tragedia de Antígona...

Ésa era la duda: saber si el hombre moría de su muerte o lo que él representa milagrosamente se contagiaba de su agonía. Si de él se moría la patria, yo triunfaría sobre el destino, aunque para lograrlo tuviera que debatirme frente a nuevas encrucijadas. Lo deseaba en verdad. Secretamente ansiaba presenciar el fin de un sol paralizado, de una edad que se negó a transfigurarse. Me intimidaba la imagen de una agonía tan prolongada como la cultura del miedo que encarnaba. El burbujeo del oxígeno me recordó los meses en que mi abuela moribunda se bebía el aliento de los vivos sin moverse de su lecho. Sospeché que él sería de esos, de los que adquirían la enfermedad como trofeo y la incorporaban a la rutina de la casa. No me equivoqué. En lo que erré fue en el cálculo de los desgastes, en los años de infierno que vendrían, en el grito que asentaría mi madurez en medio de tal convulsión que aún me toco para sentirme entera, sin gelatina en los huesos ni la aflicción en la punta del sentimiento; me toco el cabello, las mejillas, los párpados o los pies para corroborar que sí ocupo un espacio en el mundo y tal vez me pertenece, tal vez comienzo a liberarme aquí, donde vine en pos de sosiego igual que Edipo lo hiciera en Samos, aunque no sé todavía cómo enderezar mis restos ni cuál rumbo elegir, al menos en lo que concierne a mis tareas inmediatas.

Así de juntas caminaron nuestras historias; así de sumidas en el transcurrir del país; tan inseparables y fusionadas con lo que se dice la cosa pública que para confirmar lo que hacíamos tal o cuál día consultaba el periódico o para rectificar la noticia acudía a las páginas de mi propio diario. "Como él, tú eres de los que nacieron sin pertenecerse. Son de la patria." Me fatigaba la sentencia de cada mañana, aunque estoy por creerla: soy de la patria. Hasta hace poco supuse que me lo decía de broma y cada vez resulta más tenebrosa su certidumbre, más imperceptible el lindero entre la patria y mi vida, entre él y el pasado que se conserva en la memoria del territorio, como las ruinas que se ocultan y a la vez se revelan, como la noche de un tiempo que brota en la acción.

Hasta llegué a sentir una ráfaga de asimilación de la antigüedad cuando me paré al pie del Templo Mayor de Tenochtitlán y en las fauces de sus serpientes labradas leí la atadura de mi destino con la culebra sagrada. Ahí estaba la cifra, la bestia negra, el germen del sueño incausado, la ceguera de siglos y también la respuesta de por qué nosotros, descendientes de Cortés y de Malintzin, luchamos contra fantasmas, contra el miedo de ser o de reconocernos polvo de muchos lodos.

Vi los rasgos inmencionables de lo prohibido en la piedra de sacrificios y por la escalinata empinada observé cómo trepaban las sílabas de una ambigüedad afilada, agresiva y feroz. Vi la hipocresía, la inautenticidad y el engaño con el que se arrulla a los mexicanos de generación en generación. Descubrí la impudicia y el pavor al placer bajo vestimentas multicolores y torpezas que denotan el desprecio por la vida y el cuerpo. Vi los infiernos que me habían sido ocultados por el misterio. Me apiadé de mi gente, por su fealdad esencial y su desprecio por cuanto significa sabiduría, sensibilidad y finura. En los restos de los dioses caídos, toqué la rudeza de un pueblo que no ha sabido cantar, acariciar, describir, escribir ni mucho menos amar los estados cambiantes de la piel femenina en la consumación de su sacrificio.

Atribulada por sensaciones extrañas, dejé que la incertidumbre me invadiera con la esperanza de librarme de una vez, acabar con el nudo de identidades, con los desafíos de un poder que se personifica, se materializa a discreción y que, como los vampiros, se alimenta de sangre para rejuvenecer. Auxiliada por mi soledad frente a la imagen de la muerte, dejé salir esto y aquello, las cosas que perturban y que convertimos en lastre. Liberé obstáculos a lo que inventamos en función de los demás, la carga no deseada en el inconsciente, el tiempo mal vivido, la cobardía inequívoca, la propia pequeñez y lo fácil que resulta responsabilizar al de junto de cuanto hemos sido incapaces de realizar o de sobrellevar con sus consecuencias, a partir de la aceptación de ese, nuestro sueño inicial. No sé para qué deseaba con ahínco dilucidar hasta el fondo lo que por tanto tiempo acepté bajo una cobertura de múltiples resistencias. Quizá me movía la ingenua intención de recobrar el aliento que en otras situaciones me incitaba a averiguar cómo se forja una historia, cuáles son en verdad los móviles de una vida, cuáles las causas que durante siglos han hecho cambiar de rumbo a las voluntades más firmes. Sea lo que fuere, esa agonía marcó el principio del fin, un principio que sería largo y penoso, sembrado de sentimientos que transitarían de la compasión a la simpatía y del enojo más turbio a la nostalgia de nuestras mejores conversaciones.

En los ajustes de cuentas, tú lo sabes, soy implacable. No me conformo hasta atinar con la hondonada que me permita entender. Entender es mi única vía de sosiego. Caí en la hondura de la tristeza por no entender, porque la confusión tiende trampas al alma y nos lleva a cavar el sueño equivocado o a elegir la somnolencia para distraer la verdad. Para algunos existe la comodidad de los credos y depositan en la oración su compromiso incumplido con la palabra. Las iglesias atesoran derrotas y al pie de las cruces van a parar todas las rendiciones. No quiero para mí esa ruta de cobardías. Prefiero la orilla del riesgo, aventurarme en las pérdidas, atinar con el Verbo y reclamarle a los dioses mayor fortaleza para atreverme a utilizar mis reservas de humanidad. Liberarme me obliga a desbrozar galerías saturadas de incontables reflejos que nos deformaron al punto de confundirnos con la costumbre de falsear creyendo que nos construimos de apariencia adentro y no al revés, del fondo al rostro. A estas alturas cualquier simulación resultaría ociosa. A diferencia de lo que aprendí de la patria, de lo distintivo de los pueblos pequeños que en su encierro se petrifican, creo que la verdad vivifica, ennoblece aunque duela. Nosotros pertenecemos a la mentira como lo nipones al honor, los ingleses a las formas, los franceses a los deleites, los españoles a la jactancia o los indios al misterio de la resistencia taimada. Ni en la declaración de la hora coincidimos con la verdad: agregamos o disminuimos minutos a los relojes por conveniencia; los gobernantes anuncian bonanza sobre los velos del desastre económico; encubrimos enfermedades, aliñamos con máscaras la miseria, disfrazamos de bienestar los infiernos y practicamos un lenguaje de torceduras barrocas para no comprometernos ni aproximarnos siquiera a la claridad. En frases comunes como la del "medio ladrón", o "medio enfermo" arrastramos la media verdad que, puestos contra la pared, viene a resolverse con afirmaciones tramposas, como "las cosas no son como tú crees", "me malinterpretas", "te confundes", "exageras..."

Y así me llevaste tú por entre senderos verbales que me desmoronaban en vez de construirme en la unidad de tiempo y lugar que formamos juntos y que un día, por quién sabe qué secreta potencia que también afectó a nuestro pueblo, me orillaste hasta la encrucijada donde mi elección no tuvo regreso. La nuestra era esa unidad de peligro por la que vine a ejercer el oficio de equilibrista mientras tú confirmabas tu fidelidad al pasado y al medio, con todo el peligro que implicaba el desgaste del disimulo.

Por una de esas ironías imprescindibles en el drama de la existencia, descubrí que bajo tu fundamentalismo nacionalista se repetía la ingenuidad de creyentes de los primeros cristianos que distingue a la gente que, con orgullo de héroes, se llamaban de izquierda. Y digo que se llamaban porque en la debacle de las ideologías los de tu especie recularon en pos de credos perdidos, quizá porque la orfandad en la que se reasumieron de un día para otro era en realidad mensajera del sueño enceguecido de nuestra libertad aplazada. Tus desvaríos quizá no te pertenecían porque saliste de ti o más bien te refundiste al insertarte en una historia tan colectiva y sin hendiduras que en lo íntimo de tu ser sólo hubo cabida para la fijación de la patria, una patria no vislumbrada ni rescatada del sueño inicial, sino reclutada en la sanción de la máscara que siglo tras siglo se vivifica en los portadores de una pesadilla remota.

No te soñaste en el despertar ni permitiste el privilegio de los renacimientos integradores de los que por vivir no temen abordar obstáculos de su corazón necrosado por un aislamiento asfixiante. Te refundiste en la pesadilla del sueño pretérito y en vez de vivir adelante retrocediste en pos de la historia que nadie, ni tú mismo, ha podido librar de su tenebrosa fatalidad. Advertí que el centro de tu vida arraigaba en esa extraña tiniebla que te lanzaba a cruzar con dificultad el lindero entre la fábula infernal de la patria y el mundo cambiante del ser en su necesidad de expresarse. Por eso eludías temas y situaciones que considerabas personales, íntimos u odiosos, alegando que el que se confiesa se queja, se rinde o se distrae cuando menos con preocupaciones menores y despreciables. Yo en vano intenté persuadirte de que cuando el corazón se amuralla privan en él la opacidad y el silencio, entorpece su palpitar y tarde o temprano se vuelve artrítico, o tartamudo en el mejor de los casos.

El que se confiesa se muestra, pero también descubre y elimina alucinaciones perturbadoras. Es una forma de echar a andar el pasado, de fragmentarlo y de deslizar lo que quede de él en la conciencia reunificada. El atributo mayor de la confesión consiste en ser llave del tiempo, en abrirlo hacia el despertar. Remueve la dermis y vivifica el espíritu, libera al ser que, aprisionado en el centro amurallado del yo, pugna por renacer, quizá para ascender hacia sí con todas sus posibilidades. "Uno mismo no es importante —repetías con reveladora obsesión—, pensarnos nos disminuye y descubrirnos en los rincones inexplorados de la conciencia sólo conduce a hundimientos intolerables." Y lo asegurabas, quizá para confirmar tu invariable armadura política: hay demasiado conflicto en la sociedad para anteponer lo propio al padecer colectivo.

Precisamente eso es la confesión, la viva voz, la palabra que huye de la caverna en pos de la claridad; la palabra hacia su liberación purificadora y no queja, como lo creíste, debido al estancamiento de un mito patriótico, como si fuera un olimpo que se bastara a sí mismo. Nunca aceptaste que exteriorizar fuera un desprendimiento que arroja del corazón lo que lo ensombrece y, aunque siempre estuvimos de acuerdo respecto de las arbitrariedades psicoanalíticas, tampoco miraste en el tormento de quien se confiesa el apetito de veracidad. Menos aún te dispusiste a inquirir al ser que se defendía detrás de una gruesa coraza, tal vez porque temías identificar los yerros o al menos aproximarte a la fuente de tus aplazamientos característicos, al surtidor de evasiones que te llevó a deslizar tu intransigencia por la ruta de las costumbres.

Tú, querido, fuiste para mí una montaña a la que sólo se la escala por fuera: impenetrable, intimidante, resistente a mostrar o hacerse traspasar las capas bajo la piel que, endurecidas como la roca a fuerza de apresar arenillas huidizas, te permitieron labrar esa imagen de bloque absoluto, irreductible, que atesoró tu voz en el receptáculo de la patria. Por eso tus sueños se concentraron en una obsesiva fijación del pasado, un pasado sin sujeto ni rostro, congelado en la memoria documentada que, a cambio de aproximarte al camino de la piedad o de suavizar tu comprensión de los padecimientos humanos, te conminaba a combatir, a reiterar, con ese temblor de violencia que sellaba tus frases, que no te dejabas de nadie, que tenías que defenderte de los demás. A la menor muestra de debilidad te habrían acabado, ésa es la ley: anteponer la coraza y afilar las armas antes de la batalla, mostrarse fiero frente al enemigo probable, nunca ceder ni retroceder. Cada uno aprende tarde o temprano si no a armonizarse consigo mismo a partir de los propios errores, al menos un modo de controlar la emoción o los sentimientos; eso decías. Y tú sí que sabes desempeñarte en estas cuestiones: monolito labrado a cinceladas de patria, tu verdadera figura se deslindará en la memoria, cuando el tiempo por fin te devuelva a tu forma esencial y, deslavado de coberturas, aparezca el que verdaderamente fuera moldeado de adentro afuera.

Tú la montaña y el país un castillo tapiado, ambos impenetrables. Se los rodea sólo en la superficie y, alpinistas experimentados, algunos presentimos su contenido al ascenderlos hasta la cima, al pisar ondulaciones y recorrerlos como se pisa el peligro, descubrir huecos aquí, obstáculos dobles allá y senderos secretos por donde ingresar siquiera la capa primera o partes menos visibles en su superficie sinuosa. A nada más se puede aspirar tratándose de una naturaleza pétrea, a menos a que se esté dispuesto a hacerse piedra uno mismo.

Creí que me demolería tu dureza cuando más necesité una palabra amable. Después de tanto agonizar y salvarte en convalecencias interminables, tras hospitalizaciones y cirugías, más allá de las erosiones que producen las recaídas del cuerpo y a pesar del influjo contaminante de la enfermedad prolongada, te adentraste en tu senectud victoriosa y, adueñado de una nueva potencia, te dispusiste a luchar en un México que, a diferencia de ti y de tu fervor por la historia, dio la espalda al pasado para entregarse a la turbulencia tortuosa que aún nos envuelve. Desconcertado, te quedaste colgado de tu obsesión por la patria mientras ella, urgida de porvenir, se encarreraba hacia su propio olvido. Hasta parece que el pueblo mismo, ávido de abolir la apariencia de lo que fue para renacer con una identidad más legítima, se hubiera atrevido a demoler sus murallas de siglos para descubrirse en un inmenso acto de confesión. Confesión que, por vez primera, lo está conduciendo a atravesar los linderos de una falsedad que creímos inamovible.

Los destiempos son así, cuando menos desconcertantes. Me refiero a los destiempos abismales que crean trapecistas y al montón de suicidas y devotos artificiales de credos retrógrados que hemos visto oscilar o caer a nuestro alrededor mientras nosotros mismos nos debatimos hacia adelante o atrás, siempre aferrados al sueño que nos mantiene en el vilo de una esperanza, también ilusoria.

No lo entendí en su hora, sino después, cuando se agudizaron los enfrentamientos entre nosotros con la fidelidad que cavaba la hondura entre tu monolito y la realidad y tú atribuiste a mis veleidades la causa de una inestabilidad que por primera vez desnudaba lo que por años pretendimos no ver. En la encrucijada me di cuenta de que para seguir adelante tenía que elegir entre dos rupturas trascendentales. No me quejo ni considero un fracaso lo compartido, más bien me alegro por lo vivido ya que me permitió reconocer los fantasmas que me impedían experimentar este movimiento que me saca de la que fui y me adelanta en la que soy frente a lo posible. Si algo fuera de lamentar sería en todo caso la aceptación unilateral de lo que tarde o temprano sucedería en nuestra relación desigual. Desde el principio me preparé para acometer el declive y de eso hablamos a vastedad, de cómo respondería a tu vejez cuando yo me adentrara en mi plenitud. Lo otro fue fácil. Crecer al lado del fuerte conlleva sus conveniencias, a condición de no ceder al engaño ni de caer en la fantasía de las relaciones perfectas. De lo que no hablamos fue del proceso al revés, de cómo tú vivirías las exigencias de mi madurez y bajo qué libertades encontraríamos el punto intermedio de la amistad. No hablamos tampoco de mi fuego interior ni de las exigencias que surgirían al confirmar mi autonomía moral. Diste por hecho mi apego a la patria y desde ahí construiste tu certeza de mi fidelidad al tótem de la serpiente. Inevitable como era durante el pasaje de las edades espirituales y de las cancelaciones que trae consigo el universo insalvable de la distancia vital, surgió lo que ambos temíamos, aunque nunca en los términos esperados: yo conocí el amor, me arriesgué hasta vulnerar el monolito sagrado, toqué también las fibras recónditas del amado y tú te revolviste en ciclos de revancha y de desamor con torpeza tan ostensible que dañaste el reducto conciliador. Si él huyó para sumirse en sabe Dios cuáles refugios, tú te fortaleciste para espetarme lo que llamaste una equivocación garrafal. "No es él hombre, dijiste otra vez; ahí está la prueba, en la cortedad de su impulso, en su ceguera esencial, en su imposibilidad de arriesgarse y consumar a tu lado su única oportunidad."

Lastimada por partida doble, fui abandonada por la esperanza y humillada en el centro donde arraigaba cierta seguridad. Nunca padecí dolor semejante ni creí rescatarme de aquel infierno. Durante semanas dispersé mis fragmentos en una desesperación que pasaba del estado de furia a la tentación de morir. Perdí mi trabajo, los sobrantes de bienestar y el interés por el cine. Deambulé como sonámbula sin dejar de luchar, sin rendirme a pesar de la melancolía ni dejar de creer en la fuerza reparadora de la palabra.

No sé para qué te lo digo: atestiguaste de sobra este capítulo miserable. Protestaste. Mentiste enredado en una espiral sin puntero y a tu pesar mostraste lo que en vano pretendías encubrir. Lo peor de estos juegos es asumirse víctima con el hacha en la mano y tú te llamaste engañado, a pesar de que conociste por mí la verdad y los riesgos que entrañó mi enamoramiento. Preferí perder todo a mentir y esa actitud mía los desconcertó a los dos porque cada uno me recomendaba a su modo sobrellevar y mentir, simular para no remover, enmascarar y seguir en la ruta de una falsedad que me quema. No sé qué prefirió él porque quizá sus presiones domésticas facilitaron su resignada invención de ciertos deberes que inevitablemente habrán de revertirse contra él. Ya se sabe que nadie consigue huir indefinidamente de sí mismo ni eludir las consecuencias de los engaños que tuercen a fin de cuentas el sello más íntimo, la marca de origen, el ímpetu existencial. Tu ofuscación, en cambio, midió el alcance de una derrota en la que ninguno de los dos resultó vencedor. Te diste cuenta demasiado tarde de que efectivamente todo conducía a la ruptura y que después de los innumerables tirones el saldo de daños no nos dejaba más que esta partida mía en busca de otra oportunidad. Era tuya la patria, ni quién lo dudara; tuyo el cobijo domiciliario; tuyo el pasado y el lastre que dejé tras de mí al decidirme a mover el plomo de un porvenir incierto, alejada de ti, alejada de las mentiras que tanto abomino. Al cambiar el paisaje de aridez que me rodeaba por la cima nevada que corona mis días de recogimiento en este extraño país, se modificaron la dimensión y el peso que solía dar a las cosas en los días en que nada sabía de la levedad. Hoy me intereso en una suerte de rectificación esencial que me permita rescatarme por la ruta más corta de la purificación interior. Lo demás vendrá solo, cuando en la soledad de mis pasos surque lo único que en realidad me define y me concilia conmigo misma.

Experto en recursos para eludir el espanto de la verificación, insisto en que nunca te conocí en realidad. Eres hábil con las palabras, pero más hábil para deslizarte con ellas por entre fisuras y rutas comprometedoras. Recordé tus colmillos en mi cuello, tus cuotas de bienestar y las facturas que espetabas a cambio de futilidades compensatorias. Cuando creí que en verdad te morías también sumé recuerdos gratos, risas que se salen solas, episodios placenteros y lo que significa corroborar que siempre, estés donde estés y en cualquier circunstancia, acaso resulte cierto que cuento contigo. No lo sé. Tampoco importa aquí, donde me encuentro ahora, porque estando parada en aquel corredor coreada por tu agonía, símbolo de todos los corredores que me faltaban por recorrer con creciente ansiedad, resté las horas amargas, reacomodé los días, las semanas o los años más turbios con los ratos felices y no bien amanecía cuando advertí lo sencillo que resulta reducir a un ser de carne y hueso en personaje y eje de una vida desde una banca de hospital y con algún desconocido por testigo.

Obligada en circunstancia tan propicia a falsos delirios confesionales y abusos de confianza, a la pregunta de quién es él me quedé atrapada en un atorón perturbador. Viejo de por sí, una peritonitis avanzada acentuó su aspecto senil que con el tiempo se disipó a fuerza de dietas con ejercicios y, desde luego, por su decisión de no capitular mientras existieran los móviles de su batalla interior. Mi padre para las enfermeras, el hombre que selló mi vínculo con la historia y un enigma para los médicos por su actitud de marido, acepté hasta la relación de pariente cercano con tal de no aclararles que en realidad se trataba de mi patria, una patria peculiar, porque podía llevarla conmigo en cualquier situación o más bien ella podía llevarme y traerme a su antojo hasta que por fin entendí que estos cotos de peligrosidad transitoria son bolsas de desprecio, como el orgullo de las familias que no obstante las pérdidas y sus declives se van rellenando de vida propia o de blasones sustitutivos para hacer llevaderos los días en medio de oscuridad.

Repicaba el teléfono desde México y el estado de su enfermedad se incorporaba a los informes de la Presidencia de la República. "Cuídelo, usted, me decía una voz oficial, aquí lo necesitamos." No sé si era por la sensación de bloque absoluto que él transmitía, pero invariablemente repetían lo mismo los mensajeros alrededor de no sé cuál nacionalismo necesario o de la figura moral que representan quienes legitiman una época en un país que se tambalea. Es innegable que en periodos de confusión brotan conciencias de rescate y figuras simbólicas de referencia. Es cuando, contagiados de turbulencia, la gente pide líderes o reclama la presencia de brújulas humanas para retomar el rumbo perdido o nada más que para aferrarse a lo que se mantiene clavado en medio del huracán. En sus horas más negras, México ha sido pródigo en personajes recios, en liberales emergentes para conformar ángeles guardianes a discreción. Nuestra galería de notables se desmorona bajo el peso de las biografías no rescatadas de hombres que, pese a la desesperación que tras de sí deja una lista de invasiones externas y fracasos internos, persisten en su labor purificadora. En este sentido, él me conmovía por atreverse a llevar su fervor al extremo donde se funden la propia identidad y su sueño. Y me conmovía también el rescoldo de humanidad que a su pesar y por sobre la presión evidente para transformarlo en estatua me permitía recordar peculiaridades tan suyas que a algunos y aun a mí misma costaba creer, como el hecho de subirse a un avión por primera vez después de los cincuenta años de edad, conocer ya de viejo un país extranjero o nunca entender la aritmética elemental.

Me divertía diciéndole que era un hombre de bulto, ocupaba todo el espacio y sus manías asignaban horarios y labores domésticas. Ondear la bandera en las fiestas patrias, cocinar platillos fechados, levantar un altar de Dolores, recordar a los muertos, memorizar hasta la última estrofa del himno o rendirle tributo a la Coyolxauhqui se volvieron parte de una rutina que remontaba por todos sus flancos el ser que entrañaba su monolito sagrado. Él era así: templo y prelado, oficiante de un culto nocturno, flecha en alerta, huracán y llovizna, prisionero de un tiempo y surtidor de símbolos. Su historia me remite a la desolación de los que llevan en un sueño ancestral la marca de origen, la impotencia de los que consiguen elevar su orfandad radical a la dimensión condicionada de un personaje por encima de las acciones, entre la invención y el drama real de la vaciedad. En parte, sólo en parte, aquí lo vislumbro entre la conquista de una libertad elegida y la esclavitud del hombre moderno. Él es como las grandes naciones a las que sorprende el estallido tribal y jamás capitulan, aunque una guerra civil las siembre de muertos y sus aspiraciones se antojen desfallecidas.

Querer un espacio propio era acto impensable a su lado. Lo pretendí bajo el influjo de su agonía, pero me resigné al aceptar que su mundo es como el del tiburón frente a la sardina.

Él acabó por llenar aquel vacío de él. Me desplazó de mí otra vez. Me sacó de remotas preocupaciones en torno del puñado de secretos que nos integran para convencerme de que efectivamente era de él y que hiciera lo que hiciera habría de triunfar una misma, irremediable, pertenencia a la patria. Escuché su respiración tras el cristal y desde la orilla de otra enfermedad no declarada miré la suya combatiendo para no sucumbir fuera de su tierra, para no dejarme viuda ni permitir que otro ocupara el espacio de mis fábulas. Sentí la muerte dibujada en su semblante y le grité. Él regresaba. Volví a gritar. Se iba. Regresaba. Vislumbré la construcción de una costumbre recorrida en soledad. Imaginé la noche, una noche cavernosa, poblada de fantasmas, y oí el eco de mis pasos en calles de espaldas a la función vivificante de la historia. Evoqué la riqueza de las palabras en una rutina fragmentada por el silencio e imaginé mi pequeño universo desprovisto de diálogo. Todo se sintió como vacío, como inclinado al sinsentido y desprovisto del fuego con que solía enardecer propósitos y despropósitos. Entonces entendí el misterioso mecanismo que alimenta su deseo de existir. Entendí. Miré de golpe el hueco que dejaba tras de sí. Me espanté. Cayó de nuevo. Esperé. Se iba ya. Palidecía. Dudé un instante. Eran el silencio y la oración del fin definitivo, la ráfaga del bienestar, lo cómodo, la lista de ataduras, otra vez el laberinto: todo resurgió en el rostro agónico y grité. Llamé de nuevo. Abrió los ojos y volvió.

Treinta días al pie de un muro de cuidados intensivos no son por cierto desdeñables. Allí viví mi cuento, el cuento de una libertad no consumada, el cruce de caminos y el virtual desenlace de un destino en todo diferente al mío, a pesar de compartirlo desde dentro, guiado por sus miras y sin concesiones personales, señalado por su pasión fundamentalista y por seguir la guía de las acciones trascendentales. "Debo fabricarme ahora un rumbo propio", pensaba al reconstruir en lo posible el mío, consecuente con una o dos fantasías más perdurables. No un destino, si acaso una guía como la que animó la aventura de un Lawrence de Arabia, de un Luis de Camöens. Una pasión, siquiera emparentada al mejor Malraux en su búsqueda del pasado en el arte. Un episodio al menos, al modo de un sir Richard Francis Burton fascinado por los trasfondos de humanidad que encontraba en tugurios de África e India. Atinar con un pasar divertido, como el de los vagos de conciencia que gastan sus tardes leyendo a Baudelaire o suspirando por las genialidades perdidas entre bocanadas de tabaco. Fabricarme un destino ilusorio y repetir a distancia el de él con atavíos diferentes; podría ser también algo parecido al de las películas de Fellini, distinto de las mujeres del diario: budista tal vez, estremecida por las visitaciones contemplativas; feminista implacable, una batalladora social... Quizá me hiciera empresaria. Probaría mi viudez politizada en el mundo de los negocios y de una vez por todas me olvidaría del recuento de síntomas clínicos, de alegatos de la lucha de clases y del furor contra la burguesía. Lo evocaría a él entre fantasmas, calificándome de conservadora por no coincidir con sus furias y sílaba a sílaba empezaría a paladear la palabra an-ti-pa-trio-ta, cada vez que lograra vencer cualesquiera de las infinitas ataduras que me recordaran que a pesar de mí, a pesar de mis enojos y de mi voluntad de pelear hasta el fin con todas las armas, soy mexicana y sobre mi género recae la maldición de los vencidos. Me olvidaré, dije también, del "Viva Cuba incomprendida" y "Salvemos a Fidel para salvar Latinoamérica..." Tonterías, sólo tonterías, porque si algo me dejó esta experiencia es la certeza de que cada uno es lo que es, aunque para aceptarlo tengamos que desplazarnos al otro extremo del mundo y sumirnos en un examen desgarrador.

Y de sumirme, yo me sumía en otras visitaciones. Miraba una catedral tras un muro tumultuoso. En el atrio, la sardana;

más acá, entre bocinas y coro de pisadas, rock entremezclado con algo parecido a cumbia. Olía a mar en fondo de madera. Olía a memoria saturada de memoria, a roces quedos, a porvenir alargado en los sentidos, a noche compartida. Invadida por su voz, la voz amada, respondía al llamado que me abrasaba de nostalgia. Era la llama que llama el instante en que dos seres se abrazan, reconociéndose. Era la ausencia de brasa que arde en lo hondo y que alumbra el secreto. Eran el silencio, las ansias, la espera. Era el amado, el nombre que me quemaba. Era el amor, allá lejos, años y siglos atrás, abandonado en medio de lágrimas y de promesas jamás cumplidas. Eran los pactos sellados con sangre y la fantasía que se dilata durante tardes y noches consagradas al fuego. Era su rostro sobrepuesto al rostro de la patria y la hebra de una lógica que acaso yo alteré por seguir el curso de la historia. Eran el peso en la memoria, el dolor de huesos, el hueso de una pena, la añoranza. Era yo en las horas grises, en los días rasgados alrededor de un agujero. Eran la herida que nos acompaña a la tumba, el episodio secreto, una jornada que quise eterna y el fracaso que surca el carácter de nuestra biografía clandestina.

No romper con el pasado. No alterar el orden. No olvidar el telar de los deberes. Evoco su sonrisa y me humedezco. Pienso en él y me estremezco. Siento su aliento, lo toco, no lo encuentro. Y allí, junto a mí, el arco siempre en tensión de una tormenta, el imán que no me suelta, la velocidad del meteorito, un deslumbramiento. Somos la dualidad, no hay remedio, y nada más falso que los triunfos del enamoramiento. Vivimos a costa de los faltantes y al tener que elegir sopesamos lo de menor trascendencia. Yo elegí, en su momento. Y para rectificar quise elegir otra vez sin considerar no solamente los dictados de los demás, sino la prenda que se debe depositar como condición del destino. Si algo he aprendido es que hay que obedecer una ley para desafiar la siguiente o a todas, hay que ceder para transgredir y no olvidar que en el origen se yergue el sí de la renuncia primera. Yo dije sí. Creí que con eso bastaba. El resto se escinde en las dos historias, la incumplida y la recorrida, que ahora pretendo encauzar hacia la armonía.

Pero eso y mucho más imaginaba en medio de vaguedades reparadoras mientras, para distraer mi temor, me recreaba en la historia de otros reunidos allí por la pena y el infortunio. El llanto era un hilo que nos ataba con impudicia a viejos y jóvenes, a pobres y ricos y sobre todo a los desconocidos congregados por el dolor. Como fui la más asidua, la del enfermo más empecinado, aprendí a llorar ajeno, a lamentar ciertos quebrantos y a soportar la muerte como si llevara un traje incómodo. Durante su agonía más apretada, la ambulancia trajo a la sección de moribundos a un joven destrozado. Lo observé a distancia y supe que no se salvaría. Era hermoso. Un gitano de unos veintitantos años. Conducía desde Valencia un camión de madrugada y un tráiler a velocidad descontrolada lo embistió en los linderos de Madrid. Iban y venían los médicos con resucitadores y aparatos. Pasaban de un agonizante a otro. Y de uno a otro se movía el capellán del hospital buscando presa. "¡Si estuviera consciente!", me reía: anticlerical toda su vida y ahora cobijado por una sotana madrileña crucifijo en mano. No intervine. Más bien pensé, como de paso, que no le estaría mal el santoleo, sólo por si acaso. Yo los veía tras el cristal o escuchaba el movimiento de camillas y enfermeras con una sensación extraña, la propia de esa turbación que huele el riesgo y se resiste ante el peligro. De vez en cuando me escapaba a caminar porque la muerte hacía bulto, no se podía respirar allá adentro y, aunque estuviera sola en la sala de espera, durante las madrugadas se sentía hasta en los rincones el aleteo del zopilote. Que en cosa de horas ya sabríamos, me dijo uno de los médicos, pero de esperanzas, nada. "Así que, de una vez, mujer, a despedirse, que éste se nos va..."

Me topé con la familia de obreros que llegaba con pormenores del accidente: los padres o los abuelos, con la huella de la desnutrición que dejara en sus cuerpos la guerra civil, y la muchedumbre de familiares que de antemano se saben marcados por la proximidad de la muerte, aunque ninguno lo acepte. Bajos, muy bajos y regordetes, como viejos labriegos de la península, se juntaban hermanos y tíos, todos en negro y blanco, el cigarrillo entre los labios, los dientes amarillentos y ese palabrerío tan del español que repite y reitera como si la memoria del mundo le perteneciera. Las mujeres atrás, en situación de dolientes, llorando extenuadas en medio de rogativas y de repasos furtivos de la vida que se extinguía. La esposa estaba desconsolada, casi una niña; pero no le impidió el sofocón enterarse de que yo, una extranjera, estaba también por perder al marido.

Sentí el rayo. Caminé hacia el cubículo encristalado y al verlo ahí a él, luchando para ganarle secretamente a la muerte, me conmovió hasta los huesos, agitó mi espíritu en favor de la vida y quise ayudarlo. "¡No te mueras, cabrón"! El leve aliento, cierta luz traída de lejos, lo imperceptible de que hablan los entendidos o la intensidad de que es capaz la imaginación se tendió sobre su camilla. Un instante. El decisivo. El que después reconocería entre la paz y el retorno de los que caen en la oscuridad y regresan. El joven de al lado, en cambio, sí que se iba coreado por la aflicción de su casi viuda y con todos sus órganos reventados.

—¡Déjenmelo como sea, pero sálvenlo! —gritaba a los médicos—. Soy una joven recién parida, no es justo. Viuda, Dios mío, a los veinte años, y con una criatura apenas nacida...

Y después, cuando el mediodía destacaba la hinchazón de su cara y las dos esperábamos a solas en la antesala, una el féretro y la otra la confirmación de la vida, se volvió contra mí como fiera...

—La muerte se equivocó. Fue al tuyo al que debió llevarse. Está viejo, muy viejo. ¿No ves lo joven que soy?, y ya viuda. Distrajiste a la muerte, se equivocó por tu culpa. Esto no es justo. Te vi concentrada... Te vi... Qué va a ser de mí. Qué va a ser de mi vida.

—Pues, por mí, te lo cambiaría. A mí nadie me preguntó...

Supimos las dos que compartíamos el mismo miedo. Supimos que ante el otro antepusimos lo propio. Que la muerte es de quien la sufre. Para el que sobrevive corresponden lenguajes que nada tienen qué ver con el dolor de la despedida. Ella lloraba su soledad prematura. Lloraba los días por venir en la juntura de su maternidad recién estrenada y su viudez temprana. Lloraba el hueco de sus deseos, su asombro ante el destino y la jornada por recorrer. Yo presentí que nada a partir de entonces sería lo mismo. Algo se removió en mi interior, una chispa, viejas ensoñaciones, la incertidumbre y los cimientos que sostuvieron la etapa de mi pertenencia a la patria. Ahora lo confirmo, cuando esa y otras agonías sucesivas se enredaron a distancias abismales entre nosotros, y la fatiga nos fue transformando en una pareja que se confronta con alegatos prestados; una pareja nada convencional que sabe, a pesar de todo, exactamente qué los une y separa, qué los iguala y distingue, qué los reconoce y compromete; pareja que, pese a los eventos externos, no renuncia a su ligazón de temores ni acepta las diferencias hasta toparse con el reto profundo de la verdad.

Después de tanto enredo, de tanto suponer que el mundo se caería contigo o alejada de tu centro y del cúmulo de miedos infundados, vine a darme cuenta de que no hay nada tan grave para no aguantarlo ni tan atroz para romperle el alma al otro. Con el océano y continentes de por medio, te reconozco diferente, te digo lo que debí decirme, te muestro el espejo que eludiste y me paro junto a ti para que también me veas. Lo haremos así porque de otra manera sería imposible encontrar el punto intermedio para que ambos nos purifiquemos en un momento de tregua. A tu lado no distinguí el valor de la indulgencia y, aunque hablaba de ella, tampoco entendí el sentido de la compasión más profunda por el destino del hombre. En tu memoria no queda fisura de intimidad ninguna y yo descubrí en este recinto el consuelo de la simplicidad, la grandeza del resplandor. Rehusé ser como el pájaro que sale del huracán para retornar a la tempestad y, de no decidirme a dejarlo todo para recobrar el amor que queda después de la ausencia, sería como ese otro pájaro que atrapado en la casa da vueltas despavorido hasta romperse las alas. He descorrido la interioridad sin amenaza y conocido una forma de belleza próxima al sosiego y a la vez turbulenta, como la visión de la hoguera. Deslumbrada por los poderes beatíficos de la palabra, aquí vine a toparme con un creyente en las redenciones verbales que asegura que los que sufren tocan el alma, y los que tocan el alma se aproximan al Verbo. Portador de un conocimiento reconfortante, me persuadió de que las cosas más bellas son solitarias, como el dolor de los hombres, y que los que nos aman nos abandonan a cada instante que pasa. "Nadie posee a nadie, me dijo, y sólo habrá de sobrevivirte cuando menos una imagen ennoblecida por la palabra, a condición de significarla en la pausa precisa del universo."

Apaciguarme, en el peldaño primero de una exploración que pretendí totalizadora, me hizo movilizar las fuerzas que enturbiaban la superficie de un entendimiento que velaba mi comunión con lo sagrado. Así que, para detener el flujo desordenado de figuras que distraen el espíritu, emprendí la tarea de recobrar el poder unificador de los nombres. Así me dejé llevar lentamente por la sabia delicadeza con la que este maestro me conducía hacia la transformación de la derrota en nobleza hasta atinar con la lucidez con la que me recompensa el sosiego.

Fascinada con el saber que resguarda lo simple, aprendí a contemplar el instante en que la flor del cerezo se cae en su puro esplendor. Lo demás fue silencio. Un largo silencio en estaciones de voluptuosidad y de espera. Vinieron otros hallazgos para combatir la erosión y el desgaste que me devolvían al estado de aprendizaje. El de las tonalidades cambiantes me acercó a los colores, a la armonía de las formas y al vigor resguardado en los minerales. No conquisté la paciencia, pero afiné los sentidos para oír el eco de la hojarasca o la música proveniente del taller de un artista. Impregné mis recuerdos con el aroma del musgo, miré la curva que dibujaran las olas en una piedrecilla pulida, paladeé el dulce sabor de las uvas y rocé el delicado palpitar de una fuente a la sombra de un árbol que languidecía en el otoño. Entre los goces que hoy atesoro cuento el del hombre frente al poder de los elementos. Gracias al fuego participé de otros dones que me acercaron a la mística glorificación del placer que inauguraba una sensualidad diferente, cifrada por la ternura, por el éxtasis avasallador que algunos experimentan por la vía religiosa.

Atreverme a aceptarlo fue lo difícil. En especial por el destiempo que disminuía mis preocupaciones frente a la inmensa aflicción de una humanidad que parece desmoronarse en medio de guerras civiles, de crímenes racistas y de fanatismos que se creían abolidos por la propaganda de la razón mal empleada. Quiéralo o no me contagiaste algo de tu certeza respecto del principio político que antepone lo ajeno a lo propio. Bien dicen que dos que comparten el mismo colchón amanecen con la misma opinión. También es verdad que nadie puede eludir el instante de definir el compromiso esencial ni es posible escaparse de responder a dos o tres preguntas que crecen y se depuran por el hecho de vivir intensamente una evolución compartida. Así que acepté el desafío de explorar lo desconocido por medio de la palabra y arriesgarme a descubrir la verdad desde esta orilla del alma.

No ignoré el riesgo de mi aventura. Entre tu historia y la mía se tienden lenguajes inconciliables, sentidos de la existencia distintos y concepciones de la divinidad que nos apartan, ya que cada uno ha rendido a su modo culto a mitos comunes. Busco en el árbol la forma poética y el palpitar del pasado en las trayectorias del erotismo. Tú explicas las cosas por sus ligas visibles y te aburren los símbolos tanto como la mezcla de calidez e idilios sagrados. Entendiste la necesidad de una separación que sin embargo te incomodaba. Con lo que no contabas era con mi renacimiento complementario ni con el salto de mis ensoñaciones inofensivas a la necesidad de esclarecer lo vivido por medio de la palabra. Yo misma no imaginé esta preocupación por entender el misterio que entrañan el encuentro y el desencuentro de ciertas pasiones ni imaginé la coincidencia de luces que encienden el mundo propio y su disipación en el punto que se tenía por seguro. El sufrimiento es responsable de esto y de cuanto se derive de un episodio que, desde la fase de seducción primordial, caminó entre matices de combatividad y tropiezos ambivalentes. Sea lo que fuere, aquí estoy, elaborando mi desesperado afán de salvarme mediante la construcción y la destrucción del recuerdo en este templo del verdadero pasado. No me traicionó la intuición. Busqué lo remoto para acercarme todo lo posible al mundo de lo inmediato y atiné con un interlocutor que más bien se antoja enviado del cielo. Es voz y espejo, portador de esperanzas que me da la palabra al mismo tiempo que la borra de mí, como si el Verbo yaciese en bordes residuales del paraíso. No me ocuparé de estos temas; no ahora, porque no corresponde este episodio naciente a la totalidad que construí contigo. En todo caso me satisface encontrar una razón que alumbra la naturaleza del hombre y tropezar con un medio para recoger el sentido de alguna función del ser.

A fuerza de transitar por estaciones de la memoria, compruebo que no basta tener relación con las cosas todos los días para compartir con ellas la intimidad. La palabra es lo único que me ha permitido sacarlas de su estado de flotación errante para situarlas en un lugar, el de la escritura, que me permita deslindar su gravedad, su delirio y su desvarío. La raíz de toda armonía está en la palabra. Ningún saber existe de espaldas a la palabra. Inclusive el silencio se invoca y su presencia es ausencia, es palabra. Y eso es lo que de mí quedará en ti al perder el sitio de esa realidad que, sin embargo, me llenaba por su vacío de mí, por su soledad silenciosa.

Más de una vez aclaraste que lo fundamental no se inscribe. Así que ha de ser doble el temblor de tu espíritu al sentir estas páginas en tus manos. Y aunque no está de más aclararte que no tengo intención de hacer nada con ellas que no sea dejarlas a tu resguardo, considero honrado agregar que en ciertos pasajes tuve la tentación de filmar una historia, sólo para mirarnos modificados en personajes bajo el hechizo de la pantalla. No obstante el dolor de la recreación, prevalece lo divertido en la tarea generosa de los espejos. Supuse que en la primera línea rellenarías las entrelíneas y de nuevo gritarías que qué van a pensar de ti con mi versión, con qué derecho inventé a ese miserable o hasta dónde alcanza mi odio que te deformo tan horriblemente. Otra vez me burlaría de tanta vanidad, aunque para tu desgracia ya no ocurriría mientras preparo el desayuno, no intercalarías tus regustos entre regaños ni yo soltaría los olores del café o de la fruta con miel para que tú te aplacaras. Dibujaría un retrato, te regresaría uno de tus gestos que más te perturban y así creería que nada, al fin y al cabo, tiene la importancia que le asignas. Descubrirías en mi última palabra la punta para hilar por otro lado y echarías a andar el laberinto de las voces. Repetirnos: es lo único que hacemos, como todos. Aceptarlo es lo difícil. Sobre todo porque empeñamos una vida en creer que se consigue ser original. Y tú, querido, sí que lo has creído. Por eso aseguras que nadie te sustituirá, que no ha nacido el hombre que pudiera amarme como tú me has amado ni existe la patria que me merezca. No existen espacios para alojar mi soledad ni dioses para cobijar mis fantasmas. No existe la brasa a la altura de mi hoguera. No existo yo, sino mi sombra tutelada por tu sombra. Soy tu hechura, así lo imaginaste, y la prueba al alcance de tu mano de que nadie es hechura de nadie. Soy la que no figuraste. No me inventé, si acaso me inventaste en uno de tus vericuetos tortuosos y cuando abriste los ojos dudaste antes de sorprenderte ante la joven que hacía tiempo no era. Sin embargo, carezco de voz y soy solamente un ser subterráneo que va tentaleando entre espectros la agobiante tarea del que quiere ser. Tal mi propósito: apropiarme de una unidad que me permita intimar con las cosas y conmigo misma en el mundo que me rodea.

Juraste de todo: me matabas, te matabas, lo matabas. Desaparecerías en sabe Dios qué pueblo polvoriento. Acabarías con mi memoria. Recuperarías el furor de la serpiente. Le dirías a todos que mentí, que fui traidora. Quemarías hasta el último vestigio de los años compartidos, harías pedazos éstas y otras páginas escritas de mi mano y, ¡santo cielo!, te irías con mis ahorros, con mis pliegos y películas, con el rencor anudado en la memoria, con mis parientes, con la lealtad de mis amigos, con el rastro de la patria entre tus manos. Yo me arrastraría al corroborar lo que he perdido. Miraría cada mañana a un pobre diablo, al infeliz ocupante de tu espacio. Sufriría la brasa encenizada del amante equivocado. Apátrida, maldeciría mis días, la hora en que perdí perdiéndote, el instante en que me atreví a decir que no, la hazaña de realizar hasta el final mi fantasía. Detestaré lo que amo, maldijiste. Me ahogaré en la soledad más espantosa. Exploraré el exilio. Me miraré en la hondura del infierno. Pagaré con creces lo que te hice. Perderé la cara. Los otros me señalarán como señalan a los muertos vivos, los que habitan una realidad extraña, vacíos de sí, sin asidero ni unidad, distantes de todo compromiso, de espaldas a cuanto les represente pertenencia. Llevaré la mancha de mis días como señal entre los ojos. Me expulsarán de cofradías, de clubes y academias. Caeré más bajo que un sindicalista. Me avergonzaré algún día de mis atrevimientos, cuando nadie escuche o no le importe, cuando la herida no sea herida, cuando la conciencia aclare lo que el sentimiento oculta, cuando descubra hasta dónde alcanzan los prejuicios, hasta dónde llegó mi esclavitud, mi lucidez del vasallaje, mi apego trágico a la patria; cuando reconozca hasta dónde acepté silenciarme y renunciar con tal de no contradecir, con tal de no alterarte, de no alterar el medio ni provocar los desajustes de tu cólera. Caeré, dijiste, al mirarme en el verdadero sinsentido y no habrá crisis de reparación que resista bajo el peso de tu ausencia.

Me amenazaste y a pesar de todo caminé. Sentí que te enfermabas, como siempre; pero no me arrepentí en ese minuto en que empecé a correr ni permití que las culpas me jalaran de regreso. Llovían sobre mí las maldiciones. Me remojaba en la humedad de una esperanza. Me lanzaste al odio de dos o tres generaciones. Una descendencia plena: bisnietos y tataranietos que crecerán bajo mi nombre encenizado. Hijos de hijos que conocerán mi destino; pobre de mí, ni siquiera me importa. Hasta sospecho que te caigo en gracia al suponerme aquí, refundida al pie de una montaña en pos de luz y que sonríes imaginando el momento en que dispongo el espejo frente a ti, y la manera como te presento a discreción un desfile de reflejos alrededor de algunos recuerdos. Te agradará evocarme en la que soy, como he sido y como pretendo continuar, aunque sepas que permanezco sumida en la desmemoria alegórica, azorada y dueña de una libertad que me hace practicar con devoción los mismos hábitos, que me hace buscar noticias del país y repetir la costumbre del trabajo, los horarios del baño y la cocina, pero quizá con levedad, quizá elegida, quizá encendida por lo que espero y que vendrá, por lo que sueño en lo posible. Y ni siquiera me permites olvidarte porque durante tus ciclos de ansiedad me llamas de día y de madrugada, me acechas desde allá, inquieres por lo bajo, lanzas tus señales y yo vislumbro la serpiente, presiento la tenaza y me pregunto si alguna vez seré capaz de aceptar el mundo y aceptarte a ti sin los saldos que me atan. Me pregunto si en verdad saldré de ti y aprenderé tal vez a quererte desde afuera. Ya sabemos, por desgracia, que para nosotros no hay afuera ni hay adentro porque estamos forjados como los mexicanos de raza: no nos pertenecemos... Pero combato igual y me revuelvo contra un determinismo que intuyo victorioso. Acaso pierda al final esta batalla, acaso nunca encuentre lo que busco ni me esté dado el privilegio del sosiego. Pero no se diga que no luché, no se ignore cómo pretendí con todo arrancarme la serpiente atávica. Que no quede así frente a mi afán de despertar, en la certeza de que nadie opone resistencia, que somos pueblo de borregos en llanura: al que asoma la cabeza se la cortan...

Lo repito orando para no desatender el fondo. Lo repito y más y más me voy enardeciendo. Clamo a Dios y lo repito. Reclamo a Dios y desespero. Me inclino a medianoche en pos del ángel y de nuevo me estremezco hasta los huesos; pero no voy a aceptar, pase lo que pase, ser una más de las vencidas. Te lo dije ayer, en el ayer de entonces. Te lo repito ahora y para eso emprendo esta aventura, para devanar la madeja afuera que hizo un mundo adentro, para descifrar en lo posible siquiera un episodio que me saque de esta trampa, para tender un puente y salir de vez en cuando, para ser por un instante libre, para que la serpiente, la pirámide y las piedras no me espeten el pasado como en un espejo intemporal, para creer, al menos sí, la esperanza está a la vista, sí; tenemos remedio, sí, y nuestras vidas no habrán de repetirse en el paisaje herido de un territorio surcado con espinas y con muerte.

Acepto que, como al país, a ti te quiero a la distancia, con las aguas de la enemistad agitando el alma de por medio, en la memoria que queda después de haber cribado el dolor de la memoria. Te quiero así, de lejos y errabundo, como se quiere el vuelo de los pájaros, como se aprecia en marzo el remecimiento de las ramas o la sequedad ardiente de los abriles mexicanos. Te quiero luz en la noche de tus tiempos, agua primordial, Minotauro en laberinto inescrutable. Te quiero allá, en los linderos de tu fuego encenizado, cautivado por la patria, en el monolito alojado en tus recuerdos. Te quiero piedra, bloque a los ojos del artista, estanque mítico, Narciso enamorado de Narciso, tránsfuga de Zeus, profeta en templo de serpientes, liberal del xix, abanderado y héroe despojado del canto vivificante de los mitos. Te quiero allá, en el silencio del maguey de marzo, en los eneros con fondo de volcanes, en la atadura de los años, en la gavilla de los días, en el calendario de los soles, en las ausencias que se llenan con ausencias. Te quiero tú, en el fondo espinoso de tus llanos, y en los ríos desecados del paisaje. Te quiero máscara sin rostro propio. Te quiero voz, letra improvisada, nostalgia de palabra, huérfano de Verbo. Te quiero abismo y fiel equilibrista, lecho y brasa. Te quiero ascua, hoguera inmemorial, siempreviva en la ladera, aguijón, coleccionista de derrotas.

Barro y lava, enardeces y refrescas. Intimidas con temblor de terremoto. Eres el lugar en donde mi corazón fue golpeado y el arco donde apoyé la flecha del pensamiento. Eres, patria, la herida, las venas abiertas, el puñal de los sacrificios, el caballero águila y el dios de la semilla. Eres mi infancia, cuna ancestral, vino fuerte, gusano y mariposa. Eres el nombre que antecedió a mi nombre y una forma de ser, más que de poder, que absorbió la sustancia de un pueblo moldeado con signos. Eres el que me ama por sobre todo y me persigue con aguijones sacrificiales. Eres el horror, un mísero montón de secretos y la pasión siempre viva que triunfa sobre los otros. Eres la tierra sedienta y el desafío de las Moiras.

Isla de soledades, espejo de obsidiana, sueño causado de Moctezuma y de Cuauhtémoc, de Juárez y de Cárdenas, en tu entraña se engendra el mapa de una pasión endulzada con aguamiel y mancillada con lajas. Eres dulce, como la humedad que nos remece con los saldos de lluvia, y odioso, como los dictadores y tiranos. Eres el polvo iniciático de los marzos ardientes y espina clavada en la oreja. Eres piedra en el zapato, mango apetitoso, ceiba añeja, hijo de la noche, tolvanera y alborear al pie del monte. Eres tú, cuerda y cadena que nos ata desde la gestación más remota. Te llevo, patria, en el corazón como el palpitar y la sangre. Me sellas la frente. Dibujas mis días. Insistes en enterrarme viva y yo en arañar las piedras. Tejes y destejes caprichos para burlar al destino y, como en los días presididos por Tláloc y Huitzilopochtli, te alimentas del don de la sangre extraída de los más recios guerreros. Chac Mool portador del líquido sagrado. Huehuetéotl, dios sin dientes. Eres el rojo y el negro en mi alma. Eres mi espíritu en el espejo negro, apetencia de eternidad, estrella del ocaso y la aurora, Quetzalcóatl en su barca de serpientes.

Patria, padre, palabra, poder: todo está en ti, todo te lo llevas. Recubres la sequedad con cactáceas, recubres el rojo encendido de las pitahayas y lastimas en donde más duele, como saben hacerlo las tunas. Eres así, enmascarado: pueblo taimado e imprevisible, cruel en la raíz, duro y cortante, igual que un henequén al deshebrarse. Eres como sus hombres en sus amores tempranos: abrupto, desbordado, torpe y maltrecho; lascivo por lo bajo, impotente, desgobernado e ignorante de los regustos más nobles. Eres patria un estigma que llevamos las mujeres en el vientre. Nos atas. Nos mancillas. Nos envuelves. Y cuando todo parece caer y sumarse a las ruinas subterráneas del pasado, deslumbras como la aurora en tu paisaje de volcanes. Vuelves revestida de tiniebla y oscureces. Eres, patria, abominable y triste. Eres como la noche más larga de invierno y te tambaleas con la fragilidad efímera de la flor de mayo. Te deshaces entre los dedos y dejas la marca de los huisaches que ruedan en la región desértica. Abrupta, voluptuosa, como los olores fermentados que atizas en las cantinas de pueblo, desde tus tinajas de pulque surcadas de moscas. Eres parturienta gimiente, alarido animal, manzana jugosa. Intimidas por tu crueldad, maldices, te empecinas en la abyección, premias bajezas y te haces aborrecible, como tus mentirosos con mando. Pueblo infame, raza miserable, fraudulento, timador y de espaldas al honor. Pueblo amado por su temple árido y mordaz, por su sequedad augusta, por su resistencia y su dureza templada al rojo. Pueblo oscuro, como la piel de su gente, como los ojos saltones de sus niños hambrientos, como los burros paciendo bajo un sol quemante. Eres de barro y a eso sabes, al barro ocre de la artesanía miserable; pero te adhieres como un mal olor, te fundes y no te separas, te coses a los párpados, a los recuerdos, a la nostalgia. Algo tiene tu esqueleto que, a pesar de ti, a pesar de tus horrores y de lo que cama adentro y voz afuera lastima y estremece, conserva el sigilo de las pertenencias secretas. Eres patria el enemigo a vencer, causa del retroceso, fuente de cobardías, semillero de todos mis espantos. Tienes el encanto de la luz cambiante, de la vida que se tiende al calor de las pasiones que serpentean al acecho de los incautos. Ofreces el reto de lo que está por construirse y resguardas placeres furtivos para los que más te conocen. Traicionas, patria, engañas siempre; espetas las púas de tus magueyales, rasgas, desgarras y a las mujeres nos moldeas en tus cántaros para que resistamos la humillación, para aguantar la mordaza y el yugo, para reproducir el germen odiado de nuestros varones y multiplicar el machismo que nos sobaja. Eres, patria, el soldado que se dio con todo, hasta con sogas y honda, con tal de no rendirse en el sitio de Churubusco. Eres la hembra que diera agua al irlandés en San Ángel cuando lo llevaban a fusilar en plena invasión con su marca de traidor. Eres el Pípila ocurrente y la jaqueca indeclinable de Morelos. Eres la pata envilecida de Santa Anna y eres la ternura de una esposa que sale a la calle a recoger mendigos para inventarle antesalas al tirano en su retiro veracruzano. Eres la desmemoria y el instante imborrable. Acomodaticia, oportunista, suculenta. Eres la bendición de los zapotes y el jitomate; eres de chocolate, patria, y tan ridícula como tus quinceañeras en fiesta, como los vestidos de tul y los escaparates de la Lagunilla y Tepito. Eres el mercado de flores y reducto de podredumbres. Dual como tus dioses primeros, tu palabra, patria, es poder, sistema. Y sistema es dogma, cuestión de fe, religión instituida por los siglos. Eres tribu. Tolteca y chichimeca. Artista y criminal a cielo abierto, alma sin cuero, piel ardiente, desolladero. Sin ti la guadalupana carecería de sentido y no habría más surtidor de milagros que el de la burocracia.

Salvo los de adentro, pocos lo entienden, pero acatan los dictados del mando con devoción; con devoción se funden en sus movimientos de masas y la muchedumbre cierra filas durante la celebración o en la amenaza mordida en silencio. Eres el rito, la ceremonia y el credo. Eres bandera rediviva, escudo en el corazón de la nopalera y odio vitalicio, siempre fatal e irredento. Aquí no hay más que de una norma: te mueres con el que emprendes la carrera. Y yo no puedo aceptar ese dilema, no puedo creer que tus dedos sean la cuerda, tu voz el hilo, tu historia mi condena. Eres la patria. Tú, mi origen; tú, la pasión en quien deposité mi confianza; tú, la espera; tú, el pasado; tú, el porvenir; tú, la incertidumbre necia.

Entre nosotros se tendió la sombra y presentimos, Patria, que habíamos dejado de pertenecernos cuando vislumbré la aurora y una esperanza en el despertar. Entonces me imbuiste de valentía; pero rasgaste mi piel con los punzones inmemoriales para dejar que la sangre fluyera entre los maizales. Y como yo frente a ti, como tú al enterarte de mi partida, como lo leí en los rostros de los demás y como se percibe en el sigiloso reptar de la culebra, sentimos el miedo que sólo se siente ante lo desconocido y sagrado.

Estamos los dos desasistidos. Me quedé sin asidero y tú sin mí, sin la cabeza que solías acariciar por la mañana, sin la cara que mirabas ni el cuerpo que abrazabas, sin la vida que te llenaba de sentido ni la discusión temprana. Otras veces salí, pero nunca le di la espalda a la patria. Nunca reconocí la serpiente como en sus cuencas ahora. Me tocaste la frente para fijar en mi centro una historia. Vi el instante en que celebraban los enterados la llegada de un criollo al Palacio presidencial. No eran de fiar sus patillas ni su regusto por las expresiones torcidas. Demasiada necesidad de demostrar su hombría en quien no puede ocultar su lujuria. Le abonaron una inteligencia inusual y emprendiste con él la aventura mejor de tu vida, la de escarbar el pasado para construir con sus piedras el sedimento del porvenir. Aun dormido discurrías nuevos templos. Sentías el poder. Contagiabas tu patriotismo, desbordabas el frenesí que durante cinco siglos ocultaste bajo toneladas de tierra y a sabiendas de que mostrabas una belleza extraña, nos enseñaste a enorgullecernos de nuestros dioses. Sin darte cuenta echaste a andar el pasado, oculto hasta entonces bajo las lajas. Desenterraste las ruinas, moviste la patria. Sólo tú, Patria, podrías remover las cáscaras de la patria. Sólo a ti estaba dada la misión de recobrar a los antiguos prelados. Sólo tú, Patria, podrías atreverte a auscultarte en la entraña. Sólo a ti correspondía recobrar la culebra emplumada, su sagrario y su tiempo. Sólo tú te aventurarías hasta el fondo para atinar con el tótem y levantarlo a mitad de la turbulencia. Allí comenzaron los cambios. Allí emprendimos la crisis que avanza, no cesa, sigue con fidelidad su condena. Vi el instante de la ruptura. Vi la muerte y el renacer de los días. Vi la perturbación en tu paisaje de tumbas, el sufrimiento en muchedumbre de ofrendas y la ruta de otras derrotas que aún nos faltan por recorrer. Te vi en esplendor, cuando en tus ojos leí recuerdos remotos que se movían bajo el eco de nuevas voces.

Y es que eso eres tú, depositario de la memoria petrificada, guardián de símbolos, la conciencia que durante la vigilia o en el sueño me espeta indicios, fragmentos del saber cifrado, imágenes del poder, nombres que nunca existieron, frases inmencionadas o augurios que se cruzan por los días para que no me confunda, para que entienda el esqueleto y beba el elíxir del dogma, para que reconozca dónde están exactamente el sagrario, el altar y la ofrenda y quiénes son los custodios del pensamiento. Eres la voz que a mi pesar se adueña de mi voz y eres la palabra que iba tramando un lenguaje que supuse mío hasta que estalló una verdad tan áspera que ni tú ni yo pudimos ignorar ni soslayar. Me dijiste que podías morir tranquilo: yo también defendería a la patria. Reconociste en mí a la portadora de estandartes que fuiste moldeando en mi interior para que no se perdieran con otro caudal de olvidos, para que en medio de la vorágine recordara a los otros el talante de una serpiente que repta de punta a punta por nuestra verdadera naturaleza. Dirán que somos como las piedras labradas y que pase lo que pase siempre sabremos leer en el espejo negro de Tezcatlipoca. Y te odio por eso, porque te robaste mi libertad y mi corazón a cambio de rellenarme con tus cuentos de patriotismo. Me hiciste mirar más allá para que reconociera las caras oscurecidas bajo la máscara. Huyo de ti y me aproximas. Me voy, me pierdo y resurges, Patria, en el dolor de la patria. Y te odio por eso. Porque eres mi pasión y mi condena. Eres mi fiebre, sí, eres el fuego que me calienta, la hoguera que me enardece, el rayo de Zeus. Edipo, sí, en su ceguera más lúcida.

Eres Yocasta incestuosa, la fiebre de abril, mis delirios de mayo. Eres tú y me haces falta. Eres mi padre, mi patria, mi amigo, mi amante y mis orgasmos más dulces. Eres el horror, un demonio a mi lado. Eres la pasión, el instante en el que comprendí lo sagrado. Eres la soga en el cuello, la horca y el filo para cortar las más sólidas atadaduras. Y te amo por eso. Te amo por tu generosidad esencial, por tu egoísmo sin tregua, porque me haces sufrir, porque me dueles entero, porque me amas por sobre todo, porque soy tu atadura, tu pesadilla y tu sueño. Soy tu infierno y el almíbar deseado. Soy tu desayuno temprano, tu aliento, tu sangre y el viento que te remece con los arrullos nocturnos. Soy tu fábula y tu historia, la piedra de referencia, tu raíz y tu refugio. Soy el pecho en donde recargas tus dudas, el oído alerta, tu compañera y tu amiga. Soy la mano que cuida de ti, la frase de aliento, el cuchillo que corta la patria, Patria, cuando los demás se acobardan. Soy la sombra que te define, la sombra y la luz primera de cada día. Soy para ti, Patria amada, del mismo modo que me hiciste a tu imagen y semejanza. Y me espantas por eso. Soy tu libertad, litoral y puerto seguro. Soy el abismo y sobre mí te columpias. Soy tu escudo, la cobija que te resguarda. Soy como tú, tu reflejo y tu espejo. Soy de la patria. Soy tu luna y los cuatrocientos surianos, soy como el amanecer más deseado y la causa de todos tus espantos.

Y también soy Antígona en Colonas, donde Edipo muere en la paz del alma recobrada. Soy Antígona de vuelta en Tebas, vigilante del rito funerario del hermano. Antígona rebelde ante el tirano. Antígona que anuda a solas la soga de su horca para no enterrarse viva en la cripta familiar. Soy Antígona y lo sabes, Patria, porque abatiste mi inocencia, respiraste mis oráculos, vislumbraste mi condición de prisionera. Antígona en el fondo de mi alma y frente a ti, Creonte, dictando mi sentencia. Antígona que asume su libertad para morir, la que renuncia a la entrega del amado, la que sabe que en el drama de su origen sella el fin, la de los retos a las leyes, la que resucita y sale de su tumba, la que rompe las ataduras infantiles despojada de candor. Antígona exculpada.

Mírame, Patria, arañando los ladrillos de mi cripta. Mírame sobre las ruinas de tu Tebas profanada. Mírame mordiendo el palo de mi horca. Mírame en el instante de asumir mi independencia. Mírame, patria compasiva, en el renacimiento de una indignación que no termina. Mírame, Creonte, y reconsidera el veredicto. Mírame en silencio. Impide un crimen. Evita la sentencia.

Sabemos lo que sabemos y en lo fundamental cumplo las reglas; pero no me disciplino y aunque lo desees tampoco puedes castigarme porque tú me inventaste. Moldeaste mi rebeldía y me pusiste, Patria, la tinta en la mano para que humedeciera con ella todas mis inconformidades. Ahora la remojo contra ti porque algo muy hondo se fractura en nuestra historia. Patria, te quebrantas. Te derrumbas, Patria, por el prodigio de la palabra. Te mueves, Patria, y Tebas se oscurece con dolor de pesadilla. Te miras ahí, en tu monolito ruinoso, y lloras, Patria, porque no te pertenezco, porque miro mis pies y obedezco al deseo de correr, porque me pica la tentación de ser libre, porque vivo, Patria, a pesar de la patria, a pesar del monolito sagrado y a pesar de mí también, porque tampoco me pertenezco.

Quizá envejeces, quizá te desconciertas con el no, quizá pierdes tu rumbo o te fatigas. Quizá la patria deja de ser patria y te deslizas hacia una inconcebible indiferencia. Acaso, Patria, asimilaste el carácter de las masas que triunfan sobre nosotros para imponer su anonimato, para hacerse oír en coro, para cambiar el dictado fatalista de las leyes. Acaso una verdad inesperada se desliza a tu pesar y te deslumbra, te enceguece, desconcierta. Quizá ya estás impuesto a las sorpresas y sueltas la cadena nada más por ver si avanzo o retrocedo. Te quemas de deseo por saber hasta dónde puedo ir, hasta dónde llega mi ilusión de libertad, hasta dónde escapo o hasta dónde la libertad es libertad o cuerda floja.

Estás desconcertado, como el día en que me atreví a levantar la voz para decir no a las sanciones de la historia, antes de que tú mismo imaginaras una rebelión como ésta. Que ibas a decirlo, aseguraste, a su hora y donde menos se lo esperan. Que ibas a cambiar, por fin moverte, despertar. Yo, como siempre, soy inoportuna: espeto el no y la boca se me llena. Con el no redimo la historia de las piedras enraizadas entre piedras, reinvierto el rumbo de todas las historias y hasta me parece mirar cómo se cae el cielo a cuentanós cuando gota a gota horado el rostro de todos mis espantos. Y tú sigues ahí, Patria antigua, estandarte y voz de Hidalgo, eterno XIX, tufo incómodo. Eres el tiempo de los tiempos. Eres el reloj político, ideal a tiempo y sueño para el tiempo venidero.

Yo bromeaba al escucharte sin dejar mi plato de ensalada, jugando el juego del que entiende a medias un lenguaje a medias, del que oye a tiempo apenas y no advierte el mensaje. Pero olíamos los postres, todos deliciosos, y las sonrisas solidarias se paseaban para que así, como si nada, se deslizara el canto al patriotismo, tu interés por seguir escudriñando en lo proscrito. Olíamos y comíamos. Asistimos al ritual de los banquetes del poder y hablabas de las leyes, invocabas a la patria.

Y de cuidado es poco lo que hemos practicado en una patria de cuidado, aunque en ocasiones tú mismo hayas encendido la hoguera que luego te quema y te perturba. Supongo que así como existen niveles de riesgo, también hay medidas de peligrosidad en el uso de las palabras. Tú me enseñaste sus filos. Me condujiste a la orilla de nuestro abismo para que confirmara que las cosas hay que ponerlas en el borde para que se acaben o resuelvan.

Y abismos hay entre nosotros, habitantes de la orilla. Abismos, Patria, que nos seducen e intimidan. Abismos portadores del horror y de la más pavorosa sensación de vaciedad. "Tarde o temprano cada cosa encuentra su nivel", dice mi padre. La transgresión, la conveniencia, el tedio o el asombro, todo se incorpora al ritmo de los días, hasta un escándalo como éste. Lo pienso aquí, a la distancia del ruido y los reclamos, lejos ya, al fin a solas y sin afilar mis armas ni pulir escudos, sin buscar el lado claro de una oscuridad que me estremece, sin clavarme ese dolor con el que solía pasearme de uno a otro lados de la duda, de una a otra orillas de algo parecido al miedo que estallaba con las estaciones de su ira y luego transmutaba en cólera, en historias de venganza o cuentos trágicos que jamás llegaban a la punta de mi pluma, en fantasías tan necias como esa de salirme un día de casa para siempre y dejar la puerta abierta. Fábulas absurdas, también aquella de creer que hay tiempo para todo: para rectificar y recobrar los años que sumaron horas de esperar y no entender, para recomponer y adivinar, para triunfar sobre el fracaso y emprender un milagro cotidiano, algo diferente, sin caer en la rutina ni enfermar de aburrimiento; horas y semanas apuntadas en la diaria convicción de que no era para siempre; seguramente en una de éstas se moría y yo me adueñaba de su sombra, de lo mejor de su memoria y de los saldos favorables de su obra. Me adueñaba, sí, de una apariencia superior, de lo que deja entre nosotros la magia funeraria, la máscara adherida al rostro, la dualidad que se practica con maestría, la que separa al hombre libre del esclavo, al liberal de cara afuera del conservador intransigente cara adentro, al batallador que no se rinde en su reto al poder del cobarde espía que esculca en los rincones, el que amenaza, intimida con el puño en alto o jura hacer, asesinar, cobrarse extrañas cuentas, ajustar su furia al listado de castigos que ciertamente brotan a la velocidad del estallido y olvida a veces o mejor lo cumple en el instante para no dejar de sí. No vaya a resultar que intimidar en vano disminuya su estatura o descuente méritos a su bien fundada fama de hombre excepcional, indeclinable, firme en sus creencias; pero más que todo fuerte, sabio y poderoso, como puede serlo el que se atreve a caminar por los corredores del dominio, el que desvela a otros o les espeta una verdad incómoda.

Salvo por Mercedes, no existen los milagros. A ella sí que le cumplió el destino y Dios la oyó, como devotamente repetía. Yo me pasmo. Lo veo que entra en coma y resucita. Se enferma gravemente y se levanta. Durante meses convalece y resurge brioso, combatiente, con ánimos nocturnos y apetitos que no casan con su aspecto. Me felicitan por su fuerza, porque no decrece su pasión: ése es su portento, el don que no comparto, un privilegio. Y doy gracias a Dios. Me miro al espejo y veo cómo la dualidad surca mi rostro. Lo de Mercedes sí que fue pesar, un cuento lleno de crueldad, la historia repetida del golpeador y la sumisa. Mi experiencia es diferente hasta en el modo de rogarle al cielo que no me deje así, en el desbarajuste de las décadas, en este enredo de la patria, esposa-hija, padre autoritario, amante y guía, gendarme de mis pasos, vigilante de mis sueños. Para Mercedes tuvo oído el cielo y coro el mundo; pero después cambió la imagen del difunto tal vez de lo que le asustó la eficacia de sus ruegos o de tantas veladoras que encendió al pie de san Martín de Porres. Lo reinventó al amortajarlo. Yo no quiero reinventarlo. Lo quiero así, incendiario en mi memoria. Mecha ardiente, cuchillo de obsidiana. Lo quiero fuego, brasa encenizada, llano y barro, pulque maloliente. Lo quiero Creonte, al filo de mi sueño. Lo quiero patria, verdugo y atadura. Lo quiero allá, en sus templos subterráneos, en su guarida serpentina, en la piedra negra, en el altar domiciliario. Lo quiero vivo como está y amortajado en la conciencia. Lo quiero monolito y huisachera. Lo quiero demiurgo, culebra sagrada, llano árido, surtidor de tempestades. Lo quiero luz, lo veo tiniebla y vislumbro su llanto tras el clamor del abandonado. Lo quiero dual, víctima y prelado. Lo quiero armado y derrotado. Lo quiero allá, en la cima de sus volcanes, humeante en baño de ceniza. Lo quiero fuego y fuente clara, voz en vilo, verbo en ciernes. Lo quiero en la materia de mi sueño, en el recuerdo que me sume en la reunión de olvidos, en la juntura del pasado y del presente, en el borde espinoso de los montes.

La dualidad. En eso está la clave. Lo supe siempre, lo intuyo ahora, cuando renuncié a los juegos de la máscara y dejó de interesarme la costumbre de vivir imaginando el bien, lo correcto o lo mejor según el código cifrado de las relaciones infelices. A decir verdad, me aburre el bien, el más espantoso de los yugos, ese bien con el que nos marca el hierro ardiente, el bien que es el mal perfecto, lo contrario del placer y de lo bello, ese instrumento de perversión que tú conociste y aun manejaste con maestría singular. En ese corredor nos encontramos, en donde se juntaban tu autoritarismo y mi desesperado afán de libertad, donde encontraste el ímpetu que te levantara de tu antigua postración y yo descubriera el cobijo para la obra que empezaba.

Nos encontramos en el riesgo, en las cancelaciones resguardadas en silencio. Nos encontramos en los desencuentros de los otros y supimos los dos acomodarnos. Era la patria, palabra amordazada. Era la voz, razón remota, desafío de la creación, lo desigual a todos, una de las transgresiones más perfectas: Antígona y Edipo, Creonte ahorcado por Antígona, Antígona desenterrada. Edipo visionario. Antígona resucitada.

Aún ahora me seduce tu razón política, extraño tus retos espetados a la cara del poder, añoro el vigor de tus frases y el modo como te adueñas de la historia para cultivar lo que a tu pesar es un temperamento anecdótico. Entendámonos: no pretendo desollarte ni hacer una carnicería con lo vivido. Ocurre que tengo el vicio de reconstruir para entender y reconocerás cuando menos que todo podría decirse, menos que fuera sencillo o que, por el ruido que causamos, pasáramos inadvertidos. Eso es lo que habrá de atarnos hasta el final y después, cuando los nombres abandonen sus ligas para sumarse a la referencia de algo que seguramente poco tuvo qué ver con lo que en verdad ocurrió. Y tu pasión es el sello. Una pasión hincada en el patriotismo y moldeada a punta de intransigencia. Nunca hubo tú y yo. Nunca hubo nosotros ni existieron treguas refrescantes. Fuera de la obviedad de tus celos, siempre enloquecedores y que todavía pueden costarme la vida, lo sustancial se forjó alrededor de un único tema. Si de cocina o entre yerbas, caíamos de nuevo en la discusión política; el poder, el sistema: raíz y tronco de una vida entregada a la memoria que dominas como ninguno, raíz y tronco de tu patria, ramaje entre tus leyes, flor del tiempo, origen lapidario donde se desencadenara la tragedia.

Aceptémoslo: pocos, muy pocos concluyen lo que empiezan en el abismo. Quisiste otro destino. Te imaginaste en la creación y tramaste tu dualidad a partir de un engaño: odiabas el poder y jamás te interesó la política. Ése es el drama. El sello que a la vez te empuja a los vericuetos y el que te lleva a despreciarlos. Es la cifra, tu cifra y tu talante, surtidor de fuegos ceremoniales y el centro donde convergen tus principales demonios.

En ti concurren el ideal y el infierno. Que no querías vivir para atestiguar el derrumbe ni presenciarías los tránsitos inevitables del declive. Al principio me observaban con recelo. Los más atrevidos preguntaban. No mucho, siempre con disimulo. A la gente le gusta reservarse, agregar de su cosecha, tender un puente con la voces y dejar a la deriva las palabras. Aprendí a satisfacer a los chismosos, a lanzar respuestas como dardos, a administrar las sugerencias y a sonreír cuando jugando al comprensivo murmuraban tras el velo de una torpe discreción. Creían saberlo todo: mi pasado, el tuyo, el presente de los dos, nuestras pasiones, las causas de esta misteriosa unión o los diálogos secretos. Creían saber de dónde provenía tu fuerza, el ánimo de hacer y de rehacer a esas alturas, la decisión de empezar como si nada, como si todo estuviera por delante, como si se reinventara un lenguaje entre nosotros. Creían saberte, adivinarte. Corroboré que la mayoría de las casadas aborrecen al marido y que desearían prescindir de la intimidad, evitarse el trance de esas noches indeseadas, sus encuentros cada vez más esporádicos y menos placenteros. Mundo desigual, algunas inclusive me envidiaban. Yo bromeaba; pero sin darme cuenta asimilaba el recurso de lo dual para sobrevivir en este medio de apariencias, hasta que en un amanecer de abril escuché la lluvia contra el vidrio. Abrí los ojos. Estiré los brazos. Reconocí tu mano temblorosa en mis cabellos. Escuché tu misma voz cascada, las frases como a diario, e igual que a diario me abrazaste muy temprano. Igual que a diario me dejé abrazar sin estrecharme demasiado, me dejé besar, acariciarme. Me dejé sentir para sentir exactamente la distancia. Me dejé llevar para entender, me dejé sin oponerte resistencia, como a diario, y como a diario recordé que es mucho más sencillo aceptar las cosas como son cuando ya no son de otra manera ni se las puede transformar hilando fantasías. Como a diario me miraste, preguntaste cómo amanecí. Como a diario regresaste y, como a diario, no fallé: olí mi camisón de seda y me perfumé de punta a punta. Me vestí con pantalón y sudadera, anudé los tenis y me eché a correr al despuntar el alba. Como a diario te volviste a encobijar sin sospechar que esa mañana, al correr como todas mis mañanas, descubriría la luz, me encendería. Como a diario regresé sudada. Te vi tras la ventana. Sonreíste. Te observé. Venía abatida, deslumbrada, con la lluvia escurriendo entre mis cabellos y una sombra dibujada en mis mejillas.

"Me voy", te dije. "Se acabó. Ningún infierno es para siempre." Me metí a bañar. El agua helada me aclaraba los recuerdos, sacudía mi turbación, una rebeldía domada. Que trabajaba demasiado, respondiste: muchas horas entre libros, cocinar a diario, los deberes que me agrego sin que nadie me lo pida, las presiones de los otros, el desajuste del país, las penurias de la patria... Necesitaba vacaciones. Supo él, igual que siempre, de qué sustancia provenía mi queja. Supo cómo remediarlo, cómo enderezarme, cómo mitigar el rayo, cómo apaciguarme. Diagnosticó de nuevo, como a diario. Como a diario aseguró que nadie me conoce como él, nadie sabe cuáles son mis corredores íntimos, las fantasías que me atormentan, los deseos insatisfechos. Dijo más y preguntó pero, como a diario, no pudo esperarse a mi respuesta. Habló y habló. Otra vez diagnosticó. Otra vez recorrió el mapa de mi alma, la lista de mis miedos, las virtudes que no acepto, el amor que me profesa, la felicidad que me resisto a comprender, el saldo de años, la recompensa del trabajo. "Por qué no hablas", preguntó. "Yo sé lo que piensas. Te atormentas con fantasmas, eres insegura, ten paciencia, vendrá otro amor, todo habrá de componerse..."

Lo intenté. No puede vencer la tentación de saber más que los demás, no puede esperar a averiguarlo y yo supe en ese instante que no estaría dispuesta a sobrellevar con complacencia lo que seguramente sí podría cambiar en el fondo de mí misma.

Perdí el temor por vez primera. Por vez primera me aferré a mi certidumbre. Grité sin temer a la incoherencia, sin que me importara provocarlo, sin miedo a sus respuestas. Grité y por un instante me quedé sumida en el silencio. Dije no. Elegí otra vez y me marché.

Este libro se terminó de imprimir en abril de 1996 en los talleres de Impresora y Encuadernadora Progreso, S. A. de C. V. (IEPSA), Calz. de San Lorenzo, 244; 09830 México, D. F. En su composición se usaron tipos Garamond 3 de 30, 14, 12, 11:13, 9:11 y 8:9 puntos. La edición estuvo al cuidado de *Manlio Fabio Fonseca Sánchez*. El tiro consta de 2 000 ejemplares.

OTROS TÍTULOS DE LA

COLECCIÓN LETRAS MEXICANAS

Aguilar Mora, Jorge. *Esta tierra sin razón y poderosa.*
Alatriste, Sealtiel. *Tan pordiosero el cuerpo. (Esperpento).*
Andrade, Manuel. *Celebraciones.*
Azuela, Mariano. *Obras completas. I. Novelas.*
Azuela, Mariano. *Obras completas. II. Novelas.*
Azuela, Mariano. *Obras completas. III. Teatro, biografías, conferencias y ensayos.*

Beltrán, Neftalí. *Poesía (1936-1977).*
Blanco, Alberto. *Giros de faros.*
Bonifaz Nuño, Rubén. *De otro modo lo mismo.*
Bonifaz Nuño, Rubén. *Albur de amor.*

Campbell, Federico. *Pretexta.*
Carrión Beltrán, Luis. *El infierno de todos tan temido.*
Castellanos, Rosario. *Poesía no eres tú.*
Castillo, Ricardo. *El pobrecito señor X. La oruga.*
Castro Leal, Antonio. *Repasos y defensas. Antología.*
Cervantes, Francisco. *Heridas que se alternan.*
Contreras Quezada, José. *Atrás de la raya de tiza.*
Cordero, Sergio. *Vivir al margen. Poemas 1981-1986.*
Cortés Bargalló, Luis. *El circo silencioso.*
Cross, Elsa. *Canto Malabar.*
Cuesta, Jorge. *Antología de la poesía mexicana moderna.*
Chimal, Carlos. *Escaramuza.*
Chumacero, Alí. *Palabras en reposo.*
Chumacero, Alí. *Los momentos críticos.*

Deniz, Gerardo. *Enroque.*
Deniz, Gerardo, *Gatuperio.*
Domecq, Brianda. *Bestiario doméstico.*

Esquinca, Jorge. *Alianza de los reinos.*
Estrada, Genaro. *Obras. Poesía-Narrativa-Crítica.*

Fernández, Sergio. *Retratos del fuego y la ceniza.*
Fernández MacGregor, Genaro. *El río de mi sangre.*

Flores, Miguel Ángel. *Erosiones y desastres.*
Galindo, Sergio. *Declive.*
Galindo, Sergio. *Los dos Ángeles.*
Gamboa, Federico. *Novelas*
García Bergua, Jordi. *Karpus Minthej.*
García Icazbalceta, Joaquín. *Escritos infantiles.*
García Ponce, Juan. *Encuentros.*
García Ponce, Juan. *Figuraciones.*
García Ponce, Juan. *Apariciones.*
Gardea, Jesús. *El sol que estás mirando.*
Garrido, Felipe. *Con canto no aprendido.*
Gómez Robelo, Ricardo y Carlos Díaz Dufoo. *Obras.*
González Durán, Jorge. *Ante el polvo y la muerte. Desareno.*
González, Emiliano. *Almas visionarias.*
González Pagés, Andres. *Retrato caído.*
Gorostiza, Celestino. *Teatro mexicano del siglo XX. III.*
Gorostiza, José. *Poesía.*
Guerrero Larrañaga, E. *Identificaciones.*
Gutiérrez Vega, Hugo. *Las peregrinaciones del deseo.*
Guzmán, Martín Luis. *Obras completas* (2 vols.)

Hernández, Luisa Josefina. *Carta de navegaciones submarinas.*
Hernández Campos, Jorge. *La experiencia.*
Hernández, Efrén. *Obras.*
Hinojosa, Francisco. *Informe negro.*
Huerta, David, *Versión.*

Icaza, Francisco A. de. *Obras.* (2 vols.)

Langagne, Eduardo. *Navegar es preciso.*
López Moreno, Roberto. *Yo se lo dije al presidente.*
López, Rafael, *Crónicas escogidas.*

Madrigal Mora, José. *El general hilachas.*
Magaña-Esquivel, Antonio. *Teatro mexicano del siglo XIX.*
Magaña-Esquivel, Antonio. *Teatro mexicano del siglo XX. vol. II*
Magaña-Esquivel, Antonio. *Teatro mexicano del siglo XX. vol. IV*
Magaña-Esquivel, Antonio. *Teatro mexicano del siglo XX. vol. V.*
Magdaleno, Mauricio. *Agua bajo el puente.*
Maples Arce, Manuel. *Las semillas del tiempo.*
Márquez Campos, Alfredo. *Dalia.*
Martínez, José Luis. *El ensayo mexicano moderno. I.*
Martínez, José Luis. *El ensayo mexicano moderno. II.*

Mendiola, Víctor Manuel. *Nubes.*
Mendoza, Vicente T. *Glosas y décimas de México.*
Mendoza, Vicente T. *Lírica infantil de México.*
Miret, Pedro F. *Rompecabezas antiguo.*
Montemayor, Carlos. *Abril y otros poemas.*
Monterde, Francisco. *Teatro mexicano del siglo XX. I.*
Montes de Oca, Marco Antonio. *El surco y la brasa.*
Morábito, Fabio. *Lotes baldíos.*
Muñiz-Huberman, Angelina. *De magias y prodigios.*

Nandino, Elías. *Cerca de lo lejos.*
Novo, Salvador. *Poesía.*

Owen, Gilberto. *Obras.*

Pacheco, José Emilio. *Irás y no volverás.*
Pacheco, José Emilio. *Tarde o temprano.*
Patán, Federico. *En esta casa.*
Patán, Federico. *Nena, me llamo Walter.*
Paz, Octavio. *La estación violenta.*
Paz, Octavio. *Libertad bajo palabra.*
Paz, Octavio. *Pasado en claro.*
Paz, Octavio. *Xavier Villaurrutia en persona y en obra.*
Paz, Octavio. *México en la obra de Octavio Paz.* (3 vols.)
Pellicer, Carlos. *Hora de junio.*
Pellicer, Carlos. *Obras. Poesía.*
Pellicer, Carlos. *Práctica de vuelo.*
Pellicer, Carlos *Recinto y otras imágenes.*
Pellicer, Carlos. *Reincidencias. Obra inédita y dispersa.*
Pellicer, Carlos. *Subordinaciones.*
Ponce, Manuel. *Antología poética.*
Portilla Livingston, Jorge. *Relatos y retratos*
Pulido, Blanca Luz. *Raíz de sombras.*

Quiñónez, Isabel. *Alguien maúlla.*

Ramírez Castañeda, Elisa. *¿Quieres que te lo cuente otra vez?*
Ramírez Juárez, Arturo. *Rituales.*
Reyes, Jaime. *Isla de raíz amarga.*
Rivas, José Luis. *Tierra nativa.*
Rivera, Silvia Tomasa. *Duelo de espadas.*
Rubín, Ramón. *Cuentos del mundo mestizo.*

Rubín, Ramón. *El canto de la grilla.*
Rubín, Ramón. *La bruma lo vuelve azul.*
Rulfo, Juan. *Obras.*
Sada, Daniel. *Juguete de nadie.*
Samperio, Guillermo. *Gente de la ciudad.*
Sandoval Zapata, Luis de. *Obras.*
Santisteban, Antonio. *Los constructores de ruinas.*
Sicilia, Javier. *La presencia desierta.*
Silva y Aceves, Mariano. *Un reino lejano. narraciones/crónicas/poemas.*

Torres Bodet, Jaime. *Obras escogidas. Poesía-Autobiografía-Ensayo.*
Torres Sánchez, R. *Fragmentario.*
Torri, Julio. *Diálogo de los libros.*
Torri, Julio. *Tres libros.*
Trejo, Ernesto. *El día entre las hojas.*

Uribe, Álvaro. *La linterna de los muertos.*
Uribe, Marcelo. *Las delgadas paredes del sueño.*
Urquizo, Francisco L. *Obras escogidas.*
Usigli, Rodolfo. *Teatro completo. I.*
Usigli, Rodolfo. *Teatro completo. II.*
Usigli, Rodolfo. *Teatro completo. III.*

Valdés, Carlos. *El nombre es lo de menos.*
Vallarino, Roberto. *Exilio interior. (Poemas, 1979-1981).*
Vasconcelos, José. *Memorias.* (2 tomos).
Vázquez Aguilar, Joaquín. *Vértebras.*
Vento, Arnaldo Carlos. *La cueva de Naltzatlán.*
Villaurrutia, Xavier. *Antología.*
Villaurrutia, Xavier. *Obras (Poesía. Teatro. Prosas varias. Crítica).*

Yáñez, Ricardo. *Ni lo que digo.*